NATIONAL GEOGRAPHIC
国家地理神话故事宝库
一千零一夜
[美国] 唐娜·乔·纳波利 著
[英国] 克里斯蒂娜·巴利特 绘
刘健 译
译林出版社

前言

本书讲述的一些故事可以追溯到远古时代，还有一些可能起源于中古时代，大多数故事曾出现在中世纪的集子里。其他的只是在18世纪初才第一次由早期集子的一位欧洲译者写下来。然而，很可能所有这些故事都是北非到南亚这个区域的民间传说的一部分——包括美索不达米亚、波斯和印度文化，以及后来的埃及和叙利亚的中世纪文化。因此，这些故事提供了一个切入点，让我们看到广阔地区不同时代的情感。

我们发现，这些故事所描绘的社会中有许多贫穷的、未受过教育的人，他们想方设法获得权贵阶层的青睐。然而，财富似乎并不是完全随机降临的。那些努力工作、足够聪明、抓住机会的人能够脱贫致富，像商人那样。他们甚至可以成为宰相、王子和国王。自力更生和足智多谋是宝贵的品质。

出没于这些故事中的超自然神怪也是仁慈和邪恶的混合体。冒犯精灵的人要大祸临头。怜悯是难得遇到的。但是如果能够对自身所处的环境——尤其是对有权势者的心理需求——做出快速评估并采取谨慎而适当的行动，普通人便可以战胜魔法，避免灾难。一般来讲，忠诚的人比不忠诚的人要过得好得多。

故事中的人们对探索和发明有着持久的兴趣。冒险者从一个国家到另一个国家，冒着生命危险去看世界。新奇的机械被视若珍宝。在这些故事中看不到自满和固步自封。相反，人们渴望求知，渴望成为更伟大事物的一部分。

在上述方面，《一千零一夜》故事反映的价值观让人感到乐观——在我看来，比古代或中世纪的希腊、北欧、凯尔特人或古埃及神话中的更为乐观。这部作品让人产生一种强烈的感觉：好的行为会带来好的结果；还有从本质上来说，这个世界上令人愉快的事情比令人憎恶的事情要多得多。

这些独特的故事，其显著特点之一在于叙事的结构：有一个整体框架，在这个框架中，妻子山鲁佐德每晚都在给丈夫讲故事。在她讲述的故事中，往往会有另一个讲故事的角色。在包罗万象的大故事框架里，有时我们会在嵌入的故事中找到另一个故事，故事套故事。当然，书中的山鲁佐德框架形式在最初的口头民间故事中并不存在。但是，在单个口述故事中包含三层故事，这本身就值得关注——它的复杂性对耳朵来说就像波斯微型画对眼睛一样，要求很高。这种讲故事的传统强调仔细聆听和精神交流。聆听者经常得到悦耳的礼物——歌曲和诗歌——和精神上的礼物：让我们发笑的人物、让我们着迷的爱情故事、让我们惊奇的奇幻神怪和装备。在那个时代，对于最初讲述这些故事的人们来说，历史细节折射的是他们可能听说过的事件。

每个夜晚的故事都有自己的特点，但我一直努力在夫妻关系不断发展的框架内呈现它们。这些故事本身往往也扣人心弦，让我们想知道接下来会发生什么。但最扣人心弦的是山鲁佐德能否成功地让丈夫赐给她再多一天的生命——因为起初，他发誓要在他们在一起的第一晚后将她处死。这个天真无邪的女孩受制于一个男人的心血来潮，而男人的内心受到深深的伤害，摇摆不定。山鲁佐德利用她讲故事的全部技巧、独创性和艺术创造力来创作让丈夫心跳加速的故事。但她也选择故事，着眼于培养信任感，并最终激发出建立在这种信任之上的仁慈。这些故事帮助她的丈夫超越伤痛，恢复力量和希望，并因此能够体验深刻的爱。山鲁佐德不是通过诡计取胜，而是通过她对人性的理解、对自己能力的信任，以及故事讲述的变革性力量。她敢于用她所拥有的所有智慧来理解生命的意义。因此，她所体现的是她故事里的时代精神和地域精神。

欢迎读者一起分享这种精神。

目 录

引子

沙赫亚尔和沙赫扎曼的故事

从前有两个国王，他们是兄弟俩。哥哥叫沙赫亚尔，统治着印度河对岸的领土。弟弟叫沙赫扎曼，领地是撒马尔罕。

有一天，沙赫亚尔想念弟弟，于是派宰相去把弟弟接来。

沙赫扎曼兴高采烈地备好骆驼和马，装上旅途需要的一切东西。可是，就在要离开的前夜，他发现妻子正在和厨房男仆亲热。沙赫扎曼先是流下伤心的眼泪，继而怒火中烧。她竟敢这样！我是国王，是统治者！他下令处死二人。

沙赫扎曼来到哥哥的宫殿后，仍念念不忘这个不可告人的耻辱，吃不下饭，睡不着觉。

沙赫亚尔想要弟弟高兴起来，便决定带他去打猎。沙赫扎曼不愿意去。沙赫亚尔只好自己去。

沙赫扎曼正坐在那里长吁短叹，突然，那是什么？哥哥的妻子在一群侍女的簇拥下信步走过花园，在沙赫扎曼的窗下，离他很近的地方停住脚。沙赫扎曼看得出他们中间有些是女孩，有些竟是男孩！他们相互拥抱在一起。

太过分了！哥哥的妻子比自己的妻子更糟糕！哦，原来世界就是这个样子。那么他的痛苦不再是自己一个人的事。当晚，他饱餐一顿，又一夜睡到天亮。

沙赫亚尔打猎回来，发现弟弟已经完全恢复。“是什么病让你前段时间那么萎靡不振？”

沙赫扎曼原本不想说，但在哥哥的追问下，只好把自己妻子的所作所为讲了出来。

前页

沙赫扎曼在暗处观察嫂子和仆从在花园里寻欢。哎呀，嫂子对哥哥不忠，就像自己的妻子对自己那样。

“我把他们两人都处死了。”

沙赫亚尔倒吸一口气，“好！那告诉我你是怎样恢复的。”

沙赫扎曼还是不愿意说。沙赫亚尔也还是坚持要他讲。不得已，沙赫扎曼把嫂子的所作所为说了出来。

听后，沙赫亚尔目瞪口呆。他非要亲眼看到才肯相信。因此，他们宣布要再次外出打猎，而且要立即出发。之后，他们又悄悄潜回，果真窥视到王后和仆从在一起寻欢作乐。

沙赫亚尔撕扯自己的头发。再没有任何东西值得信赖。他不想在这个世界生活下去。兄弟俩决定去当流浪汉，浪迹天涯，不遇到比他们命运更悲惨的人决不回家。

他们来到海边，听到水里传来一声吼叫。兄弟俩躲到树上。一个巨大的魔鬼，身高如庭柱，膀大腰圆如骆驼，蹚水上岸。他头顶着一个玻璃箱，用双手保持平衡。玻璃箱上有四把锁。魔鬼把箱子打开，从里面抱出一个女人。

“美丽的夫人，我要睡觉。”他枕着女人的膝弯，一会儿便鼾声大作，地面都随着鼾声颤抖。

女人发现藏在树上的兄弟俩，坚持要他们下来。“把你们的戒指给我。”她说。兄弟俩每人给她一枚戒指。她打开一个荷包，从里面倒出许多戒指，有土耳其金戒指、埃及银戒指、埃塞俄比亚象牙戒指、青金石戒指和血玉髓戒指。“给我这些戒指的男人，在魔鬼熟睡时，每一个都和我亲热过。这是他把我锁在箱子里的报应。”

兄弟俩仓皇逃走。魔鬼的妻子像所有其他女人一样，太邪恶了。他们发誓终身不娶。回到宫中，沙赫亚尔将妻子和她的仆人都处死了。

沙赫亚尔想起玻璃箱里漂亮的女人，内心困惑，千回百转。他再不想经历妻子背叛带来的痛苦。可是他需要妻子，需要爱。当晚，沙赫亚尔发下毒誓：从今天起，他要每晚迎娶一位妻子，然后在次日清晨将新娘处死。

可怜的宰相开始每天为沙赫亚尔寻找新娘。新娘一个接一个地死去，给她们的父母带来无尽的悲伤。他们的宝贝女儿并不邪恶，一点儿也不。她们温顺可人。举国上下再没有一丝喜乐的气氛。

一个吉利的数字

四本古书堆放在桌子上。

在古代伊斯兰文化中，四是一个吉利的数字。耳朵需要四种乐器才能听出最美的音乐：琵琶、竖琴、古筝和双笛。鼻子需要四种花才能嗅出最佳气味：玫瑰、桃金娘、银莲花和吉利花。一张桌子需要四条腿来支撑。一个男人可以娶四个（或更少的）妻子。还可以举出更多的例子。其他崇拜四的文化包括拜占庭、凯尔特、中国、伊特鲁里亚、印度教、霍皮、玛雅、纳瓦霍和拉科塔。

驴、牛和商人的故事

宰相有两个女儿，山鲁佐德和迪纳尔扎德。山鲁佐德学习哲学、文学和医学。她背诵诗文，熟读史书，有一颗博爱的心。目睹周围日复一日的杀戮，女孩子丧失性命，父母悲痛欲绝，她的心为之破碎。“父亲，让我嫁给沙赫亚尔吧。我欲解救百姓。若不成，愿以死相报。”宰相力劝，山鲁佐德坚持；宰相转怒，山鲁佐德毫不让步。宰相大吼：“驴和牛在商人手里的遭遇也会发生在你的身上。”“它们遭遇了什么？”于是，宰相讲出下面这个故事。

从前有一个商人，他能听懂动物语言。听来的东西，他守口如瓶，因为他担心一旦说出来会遭灭顶之灾。

有一天，他听到牛对驴说：“你太幸运，住在打扫干净的圈里，喝清凉的水，吃筛过的大麦。你的工作只是驮着商人出去做买卖。而我，我整天拉犁耕地，牛轭深陷在脖子里。喝泥水，吃脏豆子，睡在肮脏的圈里。”

“你要反抗，”驴说，“躺倒，呻吟。”

从此牛不再听话，仰面躺倒，拒绝进食。商人预料到牛会如此，便告诉牛倌给驴架上轭。

驴干重活时，牛不紧不慢地消化胃里的食物。当天晚上，驴干完活回来，累得筋疲力尽，伤口还流着血，牛感谢驴给它出的好主意。

宰相看着慷慨无私又任性倔强的女儿。想到女儿的头将枕在沙赫亚尔的枕头上，他心如刀绞。再想到随后要发生的事情……“看到了吗，女儿？无论干什么事，无论这件事多么神圣，都不能将自己置于危险之中。”山鲁佐德反反复复思考过这个困境。她很聪明，一定能够随机应变。“我必须去。”

“那我就用商人对付妻子的办法来对付你。”

山鲁佐德用力咬住下唇，不让自己发抖。“什么办法？”于是，宰相讲出下面这个故事。

商人偷听到驴和牛的对话。“你必须再次改变自己。如果你继续这样反抗，商人说他会宰杀你，把你的肉送给穷人吃，把你的皮做成地毯。”

蠢牛一边打嗝放屁，一边说：“我一定改！”

商人被驴的聪明逗得大笑起来。

他的妻子吓了一跳：“你笑我吗？”

“我笑驴说的话。”

“驴说什么？”

“告诉你我会死的。”

但是女人坚持要听，商人只好从命。他说出之前，已经为自己准备好后事，写遗嘱，向亲友一一道别。正在此时，他听到狗和公鸡在对话。之前，公鸡一直围着母鸡们团团转。狗指责它不该在商人临死前还寻欢作乐。公鸡轻蔑地说：“商人是一个大傻瓜。我用强力驯服这些母鸡。我一个人要对付这么多，而他只有一个妻子需要对付，却让妻子占上风。他应当驯服她。”

商人立刻开始向妻子动手，直到妻子讨饶，说她再不想知道驴说什么。

商人终究没有说出秘密，也没有死。

山鲁佐德同情地垂下眼睑，语气温柔地说：“父亲，你不会打我的，因为我是不会回心转意的。”

离家前，山鲁佐德嘱咐迪纳尔扎德，她会派人来召她进宫。“小妹妹，你一定要在关键时刻央求我给你讲故事。”迪纳尔扎德泪眼模糊地点头应允。当晚，沙赫亚尔将山鲁佐德带进皇宫时，她告诉国王要和妹妹道别。国王便派人去请迪纳尔扎德。迪纳尔扎德进宫后，钻进他们的床底睡下。

对页

商人偷听牲畜对话。他听到公鸡对狗说，商人是一个傻瓜。他应该驯服妻子，就像公鸡驯服母鸡那样。

第一夜

商人和魔鬼的故事

午夜时分，迪纳尔扎德醒来说：“姐姐，你如果还不困，给我讲一个故事吧。你会讲那么多奇妙的故事。你讲故事消磨时间，一直讲到天明我必须和你告别的时候。”山鲁佐德转向国王问：“可以吗？”国王此刻没有一丝睡意。在新娘生命的最后几个时辰里，为什么不可以满足她的要求呢？于是，山鲁佐德开始编故事。她娓娓道来，把故事的每一个细节都充分展开，字斟句酌，郑重其事地说出每一字，就好像这是她最后一次机会似的。

一位富商骑着马，长途跋涉到一个遥远的国度。在回家的路上，他坐在泉水边，吃椰枣充饥，随手将枣核扔掉。突然，一个魔鬼现身。魔鬼高得头都被云层遮住。他手里握着一把巨大的宝剑。“你杀死了我的儿子！站起来，我现在要杀你。”

商人拒不承认干过杀人的事。

魔鬼坚持己见——他的儿子曾经路过，被商人扔掉的枣核砸中致死。“拿命来。以血还血。”

商人请求饶恕。魔鬼不允。

商人背诵诗歌，以求软化魔鬼的报仇决心，换来的只有魔鬼把宝剑高高举起。

商人请求魔鬼允许他先回家处理后事。要一直到新年他才能把一切安顿好。他发誓事毕一定返回受死。魔鬼应允商人的请求。

前页

身躯庞大的魔鬼发现许多人在等他，有倒霉的商人、三位长者和牲畜。他真的会因为事故而杀死商人吗?

家人知道商人大祸临头后，有的号啕大哭，有的低声啜泣。商人紧咬牙关，把财产分配给年龄较大的孩子，为年龄较小的孩子安排好监护人，然后给穷人布施。事情处理完毕后，商人带上寿衣，骑上马，向魔鬼的果园走去，正好在新年的第一天到达。

他坐在地上耐心等待。这时，一位德高望重的长者牵着一只羚羊从旁走过。长者问商人在等什么。商人便将自己的故事讲给长者听。长者听后惊讶得合不拢嘴：商人竟如约回来。没有多少人能如此守信。他要和商人一起等候，结局如何，他要看个究竟。

在商人和牵羚羊的长者聊天之际，另一位长者，身后牵着两只黑狗，向他们走来。他问他们因何坐在这里。牵羚羊的长者便将商人的故事讲给新来的长者听：他竟然如约返回，任凭魔鬼处置。

牵两只黑狗的长者目不转睛地盯着商人。如此言行一致世上罕有。他发誓绝不离开，一定要等到结局。于是，他在商人和牵羚羊的长者身旁坐下。三人开始聊天。

这时，第三位长者也慢条斯理地踱过来，一只骡子走在他身边。听完他们坐在这里的原因后，他也坐下来，发誓不看到魔鬼怎样处置商人决不离开。

空气中开始尘土弥漫。转眼间，尘土已经将他们罩住。大地在脚下颤抖。

巨大的魔鬼现身。“准备好受死。”

三位长者哭成一团。羚羊眨眼，两只黑狗呜咽，骡子在原地踏足。

商人在颤抖。

曙光透过窗户照进来。山鲁佐德陷入沉思。她像故事里的商人那样颤抖着。“多么神奇的故事。”迪纳尔扎德说。“和我明天要讲的故事相比，这算不得什么，如果陛下开恩，宽恕我一个晚上。”山鲁佐德屏住呼吸，等待国王的反应。沙赫亚尔也想知道商人的下场。显然，因为偶然过失而杀人不该以命相抵，哪怕是魔鬼也该明白这个道理。但这个世界不乏不公正之事，对此他深有体会。“好吧。你可以在第二个晚上继续讲。”山鲁佐德吐出一口气。她将再活一天。她大口喘息着。

第二夜

第一位长者的故事

第二夜的午夜时分，迪纳尔扎德大叫道：“姐姐，快醒醒，继续讲你的故事。”山鲁佐德当然醒着。她转向国王。国王在她身边动了动身子。“我可以讲吗？”国王恩准后，山鲁佐德赶紧开讲，生怕这个掌握生杀大权的人会改变主意。

魔鬼毫不让步。商人在一边哭泣。第一位长者，就是那位牵羚羊的老人，吻了魔鬼的脚一下后，说道：“所有魔鬼国王的国王，我有一个故事。如果你觉得我的故事比发生在你和商人之间的故事更离奇，你能不能把取商人性命的权力转让给我三分之一？”

魔鬼同意了。

随后，第一位长者讲出下面这个故事。

这只羚羊是我的妻子。我爱她，但她不能生孩子。因此我又娶了二房。二房生了一个儿子。长房醋意大发。

有一天，我离开家，在外游历一年。在此期间，长房学会魔法，将二房变成一头母牛，将我的儿子变成一头公牛。回来后，长房告诉我二房已死，儿子也离家出走。我悲痛万分，拍打胸脯发泄内心的痛苦。

古尔邦节来临。我让牧人牵来一头母牛，作为献祭的牲畜。牧人选中的母牛叫声悲切，好像明白自己将死。那是我的二房，我却一无所知。但她的眼里流露出的恳求目光，让我不忍心。我请求换一头母牛，但是长房不让换，坚持要宰杀这头母牛。

母牛瘦得皮包骨头，身上没有肉，也没有脂肪。屠宰这头母牛真是浪费！我告诉牧人这次选一头肥牛犊。牛犊亲热地哞哞叫着用头蹭我的前胸。我压根儿不知道他是我儿子，但我的心却被刺痛。“去另选一头。”我告诉牧人。长房却说：“就杀这头。”我听命握住刀柄。长房毕竟是我唯一的亲人。

动物祭祀

黎明时分，在下加利利，两头牛在一起吃草。

在祭祀仪式上献牲在历史上和世界各地都很常见。有时牺牲是为安抚愤怒的神；其他时候，是为表达感激之情。这里所说的盛宴是为庆祝朝圣季节的结束而举办的。

对页

第一位长者的长房妻子妒火中烧，将他儿子和二房妻子变成牛。一位魔法师将儿子从魔法中救出，将长房妻子变成羚羊。

但是牛犊哭得像个孩子。我扔下刀，冲着妻子伸出一根手指，让她别非要我动手。“明年我再用这头牛犊献祭。”

事后，牧人对我低声耳语。他的女儿会魔法。她认出这头牛犊是我儿子！她也立即猜透长房干的恶事。

我告诉女孩，你把我儿子从魔法中解救出来，我赏你重金。女孩什么都不要，就要嫁给我儿子。她在牛犊身上洒上魔水。牛犊剧烈颤抖，变回儿子，和原先一样身强力壮！

然后，女孩把长房变成这只羚羊。羚羊长得漂亮，我们可以观赏她。美比丑要好得多。

第一位长者爱抚着羚羊。无论我们怎样想，爱是不会消失的。“我的故事不离奇吗？”

魔鬼揉揉鼻子，点点头说：“我把取商人性命的权力转给你三分之一。”

第二位长者，就是带着两只黑狗的那位，站起身。“我也有一个故事，甚至比他的故事更离奇。若果真如此，你能不能把取商人性命的权力转给我三分之一？”

魔鬼应允。

一束阳光照进屋内，白日将隐藏在黑暗中的秘密暴露无遗，这让山鲁佐德赞叹不已。一生中，她见过无数次黎明的到来，但直到今天，她才真正意识到，这一时刻，这个受眼前第一束阳光支配的时刻，是一个启示，是一块真理的宝石，让她又怕又爱，但此刻害怕占据主导。

“这个故事让我吃惊。”迪纳尔扎德说。

“下一夜你会更吃惊，如果陛下恩准的话。”

“我准许。”沙赫亚尔说，因为故事引起了他的好奇心。

屋里的空气不能满足山鲁佐德的呼吸。她冲向窗户，推开百叶窗。

第三夜

第二位长者的故事

半夜，迪纳尔扎德说：“姐姐，继续讲。”

“如果陛下恩准。”山鲁佐德说。

“继续讲。”沙赫亚尔说。

山鲁佐德声音轻微。她要让国王竖起耳朵才能听见。毕竟，丝线强于铁棍。

魔鬼、商人、牵羚羊妻子的第一位长者、带骡子的第三位长者都在耐心等待。于是，第二位长者，带着两只黑狗的那位，开始讲下面这个故事。

这两只狗是我的兄长。父亲去世时，给我们每人一千第纳尔，让我们开店。大哥把店铺卖掉，出门跑买卖。一年以后，他回来时穷得像乞丐。这时候，我已经挣到钱。我有两千第纳尔。我分给大哥一半，让他开新店。

不久，二哥也把店卖掉，出门去跑买卖。一年以后，他回来时也穷得像乞丐。这时候，我又挣到两千第纳尔。我也分给他一半，让他开新店。

不久，两个哥哥建议：“我们一起出门干贸易吧。”六年后，我终于同意。我有六千第纳尔。我把一半埋在地下，如果我们回来时身无分文，每人还有一千第纳尔，可以用来开新店。我们用剩余的钱买来给养和一条船。

我们来到一处港口，开始交易。一个穿着破衣烂衫的女孩吻过我的手说：“娶我吧。我会是好妻子。”穿得破破烂烂又没

前页

第二位长者的两位兄长嫉妒他的美满婚姻。他们联手把他和妻子抛入大海。但是，他的妻子是女妖变的。她救出自己的丈夫，又让妹妹把他的两个哥哥变成狗。

有人做媒，这怎么行？但是男人要能够透过表面看到里面的真实：她心灵纯洁。于是，我娶她为妻。我们住在船上，夫妻恩爱，生活美满。正是我们的美满让两个哥哥妒火中烧。一天夜晚，在我们熟睡时，他们把我们俩扔进海里。

我呛了一口海水后醒来。我不会凫水，在水里扑腾挣扎。妻子变成女妖把我救出水。她告诉我，她对我一见钟情，便假扮乞丐试探我。我不计较她表面的贫穷，娶她为妻，让她更加爱我。现在她要去杀死我的两个哥哥。

“不许杀他们，”我说，“以善报恶是我的行事准则。”我们辩论。最后，她终于同意让我哥哥活着。

她背负我飞回老家。我挖出三千第纳尔，开了一家新店。开店当晚回家时，我看到两只黑狗在门口等着我。妻子的声音不知从何方飘过来：“这是你的两个哥哥。我妹妹给他们施过魔法。十年后你可以去找她消除魔法。”说完，声音消失，她也没再现身，我的爱妻。

第二位长者一边在狗耳朵后面搔痒一边说：“我的故事难道不离奇吗？”

魔鬼揉揉鼻尖，点点头。“我把取商人性命的权力赋予你三分之一。”

第三位长者，就是带着骡子的那位，站起身来。“我有一个最离奇的故事。你如果同意，能不能把取商人性命的权力让给我三分之一？”

魔鬼点头同意。

“认真听。”第三位长者说。

清晨降临。山鲁佐德止住声音，脉搏却像小鼓一样敲打着脑壳。

“好奇妙的故事。”迪纳尔扎德说。

“明天的故事会更好，”山鲁佐德说，目光掠过国王的面孔，“如果有陛下恩准。”

沙赫亚尔同意。他心里却已经清楚故事的走向。故事很快就要结束。山鲁佐德很快要被处死。她已经把一夜的婚姻延长到四夜。四是一个吉利数。

第四夜

第三位长者的故事 以及渔夫与魔鬼的故事

国王的眼神骗不过山鲁佐德。那眼神告诉她国王已经发觉故事有规律可循，很快就要把她像破衣烂衫、像腐肉一样打发掉。恐惧让她嘴里发干，呼吸急促。她是听着父亲和邻居的故事长大的，她也一直在读书学习。她的经历和阅历一定能帮助她想出新故事。一定能，嗯，一定能。心急如焚的女孩绞尽脑汁。当晚，迪纳尔扎德请求她继续讲故事时，山鲁佐德深深地吸一口气，将一个惊心动魄的故事娓娓道来。

第三位长者，就是带着骡子的那位，讲出下面这个故事。

我的妻子欺骗我，把我变成一只狗。我找到一位魔法师，她把我解救了出来。她给我魔水，让我喷洒在妻子身上，把她变成一头骡子，就是这头骡子。

“这个故事不离奇吗？”他问。“当然离奇。”魔鬼将取商人性命的权力让给他三分之一。

当然，三位长者齐心合力将性命交还给商人。

一个词接一个词从山鲁佐德的嘴里吐出来，像大珠小珠落玉盘似的。她看着国王满意的眼神，知道国王早已猜中故事的结局。“这个故事，”山鲁佐德紧接着刚才的话说，“与渔夫的故事相比，算不得什么。”

“讲吧，“迪纳尔扎德说，“现在就讲吧！”迪纳尔扎德真是世上最好的妹妹。山鲁佐德这次没有等候国王恩准。等待不会带来好结果。

渔夫有家但没有钱。他每天撒网四次，从不间断。他网到的一切都用来养家糊口。每天，他听着第一遍唤礼钟声起床。一天早晨，天还黑着，月亮闪着微光。渔夫带上祈祷毯，在第一遍唤礼钟声之前便出了门。

渔夫的第一网打上来一头死驴；第二网拉上一个盛满沙子和海水的瓦罐；第三网是别人吃剩下的垃圾。对于饥肠辘辘的渔夫和家人，这是多么难过的一天呀！

他蹚水到齐腰深的海中撒下渔网。

拉网时，他感到阻力。渔网非常沉重，他竟然拉不动！他潜到水下，用力拉呀拉，终于把网中的东西拉上岸。他打开网一看，里面躺着一头死驴。

看着眼前散发着臭味的死驴，渔夫开始祈祷，让心情平静下来。

渔夫的渔网和鱼钩所捕获的一切
和博爱的心所赏赐的一样

他再一次跪下祈祷，因为此时正是旭日东升的时候。祈祷之后，他第二次撒下渔网。拉网时，他又感到有阻力。他潜到水下，用力拉呀拉，拉上岸一个瓦罐。瓦罐里盛满沙子和海水。不要！他又念起经文。这是心灵最好的慰藉。

我所求无多，只要一顿饱餐
我所要无几，只要填饱肚皮

他又跪下祈祷。然后，他再一次下水。唉，真不幸。第三网打上来的东西全是废物：破碗碎瓶，别人吃剩下来的垃圾。他的嘴里冒出酸水。

一方洪水，一方干旱
公正潜行，邪恶当道

渔夫再次祈祷。

“渔夫开始劳作时，月亮还挂在天上。”山鲁佐德说。“现在，为我们，月亮已经睡下。”她扯着手指，因用力过大把手指拉疼了。“在下一个晚上，我会讲更多故事，如果陛下恩准。”沙赫亚尔为渔夫的命运担忧。他如此虔诚地祈祷，却又穷得身无分文。他的运气太差：先是网到一头死驴，再拉上一个盛满沙子和海水的瓦罐，然后，最糟糕的是，垃圾。“下一个晚上继续讲，”他说，“一定要讲。”

第五夜

渔夫与魔鬼的故事续篇

当晚，迪纳尔扎德请求她继续讲故事时，山鲁佐德立即开讲。毕竟是国王要她一定要讲的。国王要她去哪里，她一定前往，她一定要跑去，她一定要冲过去。国王的愿望便是一切。

心里装着满满的祈祷，渔夫第四次撒下渔网。他感觉网住的东西很沉重。他潜水下去，把渔网拖上岸。网里是一个黄铜瓶，瓶口有铅做的瓶塞。黄铜瓶一定在海水里泡了很长时间。铜瓶看上去完好如初，做工精致。渔夫高兴起来。他可以把它拿到铜货市场去卖掉。

渔夫将铜瓶推倒，要把它滚到市场去。铜瓶太重，推不动。里面一定装满东西。他用刀子把瓶塞撬开，往外倒，却什么也没倒出来。

渔夫把眼睛凑到瓶口。有烧灼感！他吓得赶紧跳开。烟从瓶口冒出。烟旋成烟柱，渐渐露出形状。原来是一个魔鬼，比你在最恐怖的噩梦里看到的魔鬼还要丑陋。他的牙齿是交错的石块，眼睛是火炬。

“高兴吧，”魔鬼高喊，“我马上要杀死你。”

“什么？我刚把你救出来，你就要杀我，你太忘恩负义。”

“许一个愿吧。”

渔夫一笑，放下心来。“原来你不是不讲道理的。”

“选一个死法。在瓶子里第一个四百年，我发誓，谁救我出来，我让谁成为富翁。没人来。第二个四百年，我发誓，谁

前页

渔夫第四网拉上来一个黄铜瓶。当他撬开瓶塞时，从里面钻出一个魔鬼。魔鬼威胁说要杀死他。但聪明的渔夫先向魔鬼提出一个刁钻的问题。

救我出来，我给他世上所有能想象到的财宝。还是没人来。之后，我发誓，谁救我出来，我让谁当国王。还是没有解救者。年复一年，一直没人。最后，我决定，谁救我出来，我就杀死谁。你正好在这个时候到来。选择你想怎样死吧。”

“求你饶命。善有善报，恶有恶报。”

“选！”

“我选择向你问一个问题，”渔夫说，“之前，你果真在这个瓶子里吗？”

“你看见我在里面的。”

“没有看到。我打开瓶子，里面冒出烟来。烟散去后我才看见你。但是，你那么巨大，瓶子里装不下。”

“装得下。”

他们开始争论。最后，魔鬼跳进铜瓶，从里面喊道：“看到了吗？能装下。”

渔夫赶紧用瓶塞塞住瓶口。

“不好！”受骗的魔鬼痛苦地喊道，“放我出来吧。我让你成为富翁。”

“你撒谎，”渔夫说，“你会像智者杜班欺骗国王郁南那样欺骗我。”

“我没听说过这个故事，”魔鬼说，“说来听听。”

早晨的阳光照暖山鲁佐德的面颊。她合上眼帘。妹妹迪纳尔扎德为她精彩的故事叫好。沙赫亚尔已经习惯她讲的故事。他瞅着新娘平静的面孔。“你的故事充满邪恶。”

山鲁佐德想说：“当然。”但她什么也没说，只是闭着眼睛。

“你的故事里的罪魁祸首总是一个不讲道理的魔鬼。难道你不知道人世间的邪恶吗？”

“嗯。”山鲁佐德呼出一口气。她本想说：“木匠造的门散了架。”就像她母亲看到人们认识不到自己的过错时经常说的那样。但她没说。相反，她小声说：“我知道。”

沙赫亚尔听不出自己的问题里的讽刺。但是，女孩的回答让他担心。难道她猜出他第一位妻子干的好事了吗？不能让任何人知道自己的耻辱。但是，也许大家都已经知道了。否则，他怎么会把王后和她的仆人都处死呢？他强咽下哽在喉咙里给他带来痛苦的硬块。

过去的就让它过去吧。未来会更美好。

没有任何一位妻子像王后那样差。或许，他白天应该不时过来看一看这位新娘。来查看查看。不能给她背叛自己的机会，像王后那样。她的长相也的确赏心悦目。

第六夜

国王郁南和智者杜班的故事

“姐姐，醒来。继续讲故事吧。求你，”迪纳尔扎德喊道，“快把那个神奇的故事讲完。”

听到妹妹叫她，山鲁佐德像训练有素的猴子一样继续讲完渔夫和魔鬼的故事。但是，国王早晨的问题一整天都萦绕在她的脑海中。她怎么会不去冥思苦想呢？白天，国王两次来到她的闺房。那个问题一直在他眼神中闪烁。于是，她利用那个问题做线索，编出下一个故事。

渔夫跪在地上，开始晚间祈祷。他饥肠辘辘，胃在抽紧。他心情沉重，想着家人比以往任何时候都饿。尽管如此，他还是想让魔鬼明白，他为什么不能放他出来。即使他是魔鬼，至少也要以礼相待。

于是，他坐在囚禁魔鬼的铜瓶边，把身体倚在上面。“魔鬼，听我给你讲国王郁南和智者杜班的故事。听完你会明白的。”

波斯王郁南身染麻风病，是最严重的那种。他试过各种各样的治疗方法，都不奏效。他已经十分厌倦饮用各种药水，涂抹各种药膏，也讨厌各种药浴，认为它们和稀泥一样毫无效果。

有一天，一位名叫杜班的智者来到国王郁南的领地。智者杜班深谙所有伟大文明的智慧，不但包括他自己的拜占庭文化，还有希腊、土耳其、希伯来、叙利亚和阿拉伯文明，其中以阿拉伯文明的药物治疗为最。他向国王保证，一定能治好他的顽疾，而且不用那些无效的所谓补药。

国王郁南喜欢这位智者，对他青睐有加。

于是，智者杜班自制一套马球比赛中使用的球和击球杆。他将击球杆的锤和手柄都挖空，在里面灌上他亲自调配的药物。第二天，他建议国王骑上马，用他制作的击球杆去打一场马球比赛。他的想法是，在比赛中，国王会出汗，击球杆里的药物会溢出，再通过手臂的皮肤渗入体内，流遍全身。当药物渗透到全身以后，洗一个热水澡，就可以治好他的病。

一切都像智者杜班保证的那样。病愈的国王郁南欣喜若狂。他邀请智者杜班坐在身边，这是皇宫中最荣耀的贵客的位置。国王赏赐智者华贵飘逸的长袍，其中一件带红狐毛镶边，另一件带鸵鸟羽毛镶边。他整日与智者畅谈，欢笑，交换秘密。重新拥有平滑且富有弹性的皮肤，这种感觉太奇妙。看着镜子里的形象，国王感到飘飘欲仙。世上没有任何人比智者杜班更聪明。

然而，国王对智者投入的关注让国王的大宰相心生嫉妒。宰相感到自己被冷落，被取代。他满腔怒火，在国王面前诋毁智者杜班，说他是敌人，目的是为掠夺国王的财富。“处死这个虚伪的智者吧。就是现在，趁现在还为时不晚。”

“嫉妒像一个丑陋的蛇头，正在你心中抬头，”国王郁南说，“智者杜班是珍贵的朋友。你还记得国王辛巴德的故事吗？一个心怀妒忌的人怂恿国王杀死自己的亲生儿子。国王的宰相却告诉他：‘不要做让你后悔的事。’没有比这句话更真实的。”国王郁南叹息道：“听你的，我会犯一个大错，就像嫉妒的丈夫与鹦鹉的故事里讲的那样。”

“我没听过嫉妒的丈夫与鹦鹉的故事，”国王郁南的宰相说，“请讲给我听。”

天开始破晓。山鲁佐德不再作声。妹妹迪纳尔扎德扮演完自己的角色。山鲁佐德重复以前的保证：后面的故事会更精彩。沙赫亚尔表示同意。这次，山鲁佐德知道他会同意，因为下面要讲的故事里面没有魔鬼，涉及的是人间的邪恶。山鲁佐德的聪明足以让她再活一天。

她的手指攥成拳头，藏在外袍里面。

对页

智者杜班在击球杆里装进药物。国王郁南打马球比赛时，药物渗进皮肤，治好了他的麻风病。为此，国王欣赏智者，但国王的宰相却痛恨他。

第七夜

丈夫、鹦鹉和女妖的故事

“请开始讲吧。”迪纳尔扎德说。

山鲁佐德欣然从命。

渔夫清清嗓子，继续讲述国王郁南和智者杜班的故事。

面对要他杀死智者杜班、心存嫉妒的宰相，国王郁南讲出丈夫和鹦鹉的故事。

一个嫉妒成性的男人有一位美貌的妻子。他给她买来一只会说话的鹦鹉。然后他出门旅行。回来后，他问鹦鹉他不在家时，妻子干过什么。鹦鹉告诉他，妻子和另一个男人幽会。妒火中烧的丈夫怒气冲冲地夺门而去，发誓一天不回家。

妻子问是哪个仆人告的密。仆人们都指着鹦鹉。于是，当天夜里，妻子请来三位女仆。第一位女仆在鹦鹉笼下研磨石头；第二位女仆在笼子上面洒水；第三位女仆从笼子旁边走过，手里抖动一块闪光的金属板。她们这样忙活了一个通宵。

第二天，丈夫回家时，问鹦鹉妻子昨晚干过什么。鹦鹉说：“我看不见也听不到，因为昨晚下大雨，雷电交加。”但是，昨晚没有暴风雨。

于是，丈夫认为鹦鹉在撒谎，暴风雨和妻子与外人幽会都是假的。他把鹦鹉杀死了。

事后，他从邻居那里得知，鹦鹉对他忠心耿耿。他又后悔莫及。

前页

王后的仆人骗过会说话的鹦鹉，让它以为暴风雨下了一整夜。鹦鹉将暴风雨的事告诉国王。国王认定鹦鹉是一个骗子，将它杀死。

国王郁南冲着宰相摇摇头。“你要我把忠心耿耿的智者杜班杀掉，同样要置我于不义，让我悔恨莫及。”

“不是的，”宰相说，“我是在救你。其实，如果真是我的错，我愿意去死，就像那个不忠宰相的故事里讲的那样。”

“我没听过那个故事，”国王郁南说，“讲给我听。”

于是，宰相讲出下面这个故事。

从前有一个王子和宰相一起外出打猎。一只怪兽从面前跑过。宰相鼓励王子去追。不久，王子便在树林里彻底迷了路。

这时，一个女子出现在他面前，流着眼泪说：“我是印度河对岸领地的公主。我在马背上打瞌睡时摔下马背，孤单一人来到这片陌生的土地。”

王子请她坐在身后，二人同骑。他们来到一处坍塌的房子前。此时，女子说她要去方便一下，便消失在废墟后面。

女子很长时间没回来。王子开始为她的安全担忧。他顺路找过去，听见她在和孩子说话：“我给你们带来一个胖孩子，给你们当饭吃。”她唱起儿歌：“一个水灵灵的男孩，一个肥嘟嘟的男孩，一个香喷喷的男孩。”嗜血的孩子们馋得流涎。这女子原来是一个凶残的女妖。

王子跑回坐骑。女妖跟过来。“出了什么事？”

“我有生命危险。”他说。

“祈祷吧。心灵纯洁的人会得偿所愿。”

王子开始祈祷。女妖果然离去。王子回到家，告诉父王宰相鼓励他去追逐女妖。国王便将宰相处死。

“你看，”国王郁南的宰相说，“不能听从奸诈之人的指教。智者杜班是一个奸诈小人。你看看他是怎样给你治病的：让你用那根击球杆打一场马球比赛。他可以轻而易举地置你于死地。任何事物都可能是致命的，比如从一个藏起来的小药瓶里飘出一股毒气。任何东西！你完全受他的摆布。谁能知道他有什么把戏？你必须先下手除掉他。”

国王郁南大吃一惊。他竟然信以为真。任何人都不能受他人摆布。

他派人叫来智者杜班。

会说话的鸟

一只金刚鹦鹉栖息在树枝上。

会说话的鸟，通常是八哥和鹦鹉，出现在印度、波斯、阿拉伯等地区的故事中。宠物鸟经过训练可以很好地发出人类语音，陌生人可以听懂它们。亚历克斯，一只著名的灰鹦鹉，被研究二十多年。它有时会说出在特定背景下有意义的话。尽管如此，似乎没有鸟类与人类进行过真正的对话。鸟类通过鸟鸣和其他行为相互交流的方式也尚未完全被了解。

山鲁佐德的故事随着太阳的升起戛然而止。妹妹和丈夫都同意，这个故事必须讲下去。哇，他们多么希望知道下一晚的故事会带来什么惊奇。唉，山鲁佐德何尝不想知道。她的手指在双唇上弹奏。她多么希望手指有魔法，能够化腐朽为神奇，就像牡蛎里面的珍珠。

第八夜

国王郁南和智者杜班的故事续篇

“姐姐，讲故事吧。”

“珍珠”，山鲁佐德想，“让珍珠滚落我的嘴唇。”

“渔夫,”魔鬼说,“你的故事让我着迷。放我出铜瓶，我好听得更清楚。”

渔夫笑道：“我不会受骗的。就这样听吧。”

收到国王郁南的召唤，智者杜班匆忙赶回皇宫。

“今天你必须去死。”国王郁南说。

智者惊得目瞪口呆。这是何等不公。“国王郁南，求你饶命，善有善报，恶有恶报。”

“智者杜班对国王郁南说的和我对你说的一样。”渔夫说。

“我注意到了，”魔鬼说，“但是……”

“听着。让我把故事讲完。”

行刑官举起宝剑。

智者杜班哭喊道：“这样的不公，和鳄鱼奖励的故事中的不公一样坏。”

“我不知道那个故事，”国王郁南说，“讲给我听。”

“现在不能讲。我没法思考。让我准备好再去死吧。我要给穷人布施，然后带回一本医书。书里全是秘方。你把书打开翻到第六页，读第三行。然后对着我身首异处的头颅讲话。它能够回答你任何问题，因为它拥有阴

对页

智者杜班的书，书页都粘在一起。国王杜班用手指沾唾液翻页。每次舔手指时都把毒药送进嘴里。结果国王和智者一起送命。

阳两界的全部知识。”

回来后，智者杜班在一个浅盘里倒入一些粉末。“把我的头颅放在这里。然后打开书，问你想知道的问题。”

行刑官割下智者杜班的首级，放在粉末之上。智者杜班睁开眼睛：“该你啦，陛下。”

国王打开书，但书页都粘在一起。他舔湿手指把书页分开。他一页一页翻书，一遍一遍舔手指。所有页面都是空白的。国王感到头晕目眩，站不住脚。

“啊，”智者杜班说，“请听我的诗句。”

国王本可长命百岁，心宽体胖
偏不，他死得无人同情，一报还一报

国王因书页里的毒药而倒地身亡。智者杜班的头颅也随之死去。

“看到了吗？”渔夫说，“对别人表现仁慈，自己也会有好报。”

“我知错，”魔鬼说，“善良是行事的准则，即使别人对你做过错事。不要像伊玛梅对待阿提卡那样对待我。”

“我不知道那个故事。”

“我现在不能讲。我几乎不能喘气，”魔鬼说，“但我发誓，如果你放我出来，我保证不伤害你。恰恰相反，我保证让你富有。”

魔鬼说的对。善良是行事的准则。他把魔鬼放了出来。

魔鬼一跺脚来到海上。“跟我来。”他带领渔夫翻过一座高山，来到湖边，让他撒网，教他捕捞各种颜色的鱼，让他把鱼卖给国王，得到无尽的财富。

然后，魔鬼踩一下地。大地张开口把他吞进去。

清晨降临。你肯定已经知道迪纳尔扎德、沙赫亚尔和山鲁佐德在做什么。他们仨没人知道这个计谋还能持续多久。至少到现在，他们仨都已经知道这是一个计谋。狼群和牧人捉迷藏，山鲁佐德想。我的这位国王丈夫是一匹狼吗？答案是什么无所谓。计谋必须进行下去，至少再进行一晚。再一个夜晚，再一个黎明，再一个希望。

第二十夜

三个苹果的故事

当迪纳尔扎德要听故事时，山鲁佐德说由国王定夺。沙赫亚尔伸出手抚摸她的面颊。“你今天去过集市。”“我看到你盯着我挑选苹果，”山鲁佐德说，“现在，我给你讲一个三个苹果的故事吧。”“好，”沙赫亚尔说，“苹果是玫瑰色的，像你的面颊，我喜欢。”“苹果还是面颊？”“都喜欢。”

有一天，哈里发哈伦·拉希德正同宰相贾法尔和仆人马斯鲁尔一起散步。他们遇到一位渔夫。渔夫穷得打着赤脚，脚上还流着血。

哈里发动了恻隐之心。他对渔夫说：“你去底格里斯河上撒网。不论你捕捞到什么，我都付你一百个第纳尔。”

渔夫向河边跑去，一网下去，捞上来一只箱子。马斯鲁尔把箱子扛回王宫。箱子里是一个用红线缝制的棕榈叶篮子。篮子里有一块地毯。地毯下面是一件折成方形的斗篷。在最下面是一个女人的尸体。

“贾法尔，”哈里发喊道，“把凶手找到。找不到，我要你和你的四十个亲属抵命。”

贾法尔找不到凶手。他回到家藏起来。到第三天，哈里发派人把贾法尔捉来，准备将他和他的四十个亲属一起吊死。

贾法尔绝望地等待行刑。此时，一位年轻人从人群中走出。“女人是我杀死的，”他说，“吊死我吧。”

一位老人也走上前来。“不是他，是我杀的。吊死我吧。”

贾法尔跪下亲吻哈里发脚前的地面七次，然后将这两个人

对页

哈里发、他的宰相和仆人在扔进海里的箱子里看到可怕的一幕：一个女人的尸体。是谁杀死的？杀人的动机是什么？

呈给哈里发。

“你们俩是谁杀死女孩的？”哈里发问。

两个人分别说是自己杀的。但，显然年轻人是真凶，因为他知道篮子、红线、地毯、斗篷，还有箱子里的其他细节。

“但是，你为什么杀她？”哈里发问，“告诉我发生过什么事。”

女孩是我的妻子，是这位老人的女儿。她为我生了三个儿子。后来，她身患重病。有一天，她想吃一口苹果。当时市场上没有苹果，果园里也没有。我只好徒步七天，走到巴士拉，买来三个苹果。在我离家的两周内，妻子病情加重。苹果她看不到，更咬不动。

不久，一个仆人从我店面前走过。他手里拿着一个苹果。他告诉我是恋人给他的。“她的蠢丈夫跑出去半个月给她买回三个。”

我冲回家问妻子三个苹果在哪儿？果然少了一个！那个仆人说的是实话！一怒之下，我杀死了她，把箱子扔进底格里斯河。

扔完箱子回家后，儿子正在啼哭。那天早晨他偷走母亲的一个苹果，拿着去集市，被一个仆人抢去。他告诉强盗他父亲用半个月的时间走到巴士拉，只为给病重的母亲买回那个和另外两个苹果。我儿子求他把苹果还给他。强盗大笑，扬长而去。儿子一直躲到晚上才回家。

“所以，”年轻人说，“是我杀死了我亲爱的妻子。吊死我吧。”

“不，”哈里发说，“我要吊死那个强盗。找到他，贾法尔。否则，我吊死你。”

贾法尔找不到强盗，只好又回家躲起来。第三天，哈里发派人把他捉来，准备处以绞刑。

破晓。“忠心耿耿的宰相不该被处死，”国王说，“我一定要知道故事的结局。下一个夜晚讲完它。”山鲁佐德又能再活一天。东风吹来丁香花的香气。山鲁佐德为了不给母亲带来额外的痛苦，过去二十天一直没去见她。但是，今天她要去见母亲，把脸埋在母亲沾满丁香花香的手里，因为这次她确实需要母亲的帮助。

政治领袖

在阿拔斯王朝时期，一个骆驼商队停在绿洲。

哈里发哈伦·拉希德是一位真实存在的政治领袖，786 年至 809 年间统治巴格达。他的宰相是贾法尔·巴尔马基。从 750 年到接下来的三百年间，所有哈里发都是阿拔斯家族的成员。像国王一样，他们继承自己的政治地位。但后来被称为伊斯兰黄金时代的阿拔斯王朝结束，各种省长和统治家族的成员（苏丹和埃米尔）反而变得重要起来。

第二十一夜

宰相两个儿子的故事

山鲁佐德喝下一种特殊的制剂。这种制剂闻上去像茴香，是母亲下午给她的。女人喝过这种制剂能够避免怀孕。这个念头让山鲁佐德感到钻心的疼痛。但是她没有其他选择。一旦她在怀孕期间被处死，孩子也要和她一起去死。这个念头让她感觉好像有一根铁棍穿透她的身体。“醒醒，山鲁佐德，”迪纳尔扎德喊道，“讲一个让我们惊异的故事。”山鲁佐德轻擦一下嘴角。

宰相贾法尔马上要面对死亡。全家人都为他哭哭啼啼。和女儿拥抱告别时，他发觉女儿兜里有一个鼓包。那是一个苹果，是家仆热依汗要她付两个第纳尔卖给她的。贾法尔叫来热依汗。“苹果哪里来的？”“从一个小孩那里弄来的。他父亲从巴士拉买回来给他生病的母亲的。”

贾法尔简直不敢相信自己的运气，罪犯得来全不费工夫。但是他内心十分纠结，因为罪犯是他在意的人。尽管如此，他还是把热依汗带到哈里发面前，并向他说明一切。

“真巧。你的仆人导致箱子里女人的死亡。”哈里发大笑道。

他的笑让贾法尔产生一个想法。“说起不可思议，我给你讲一个宰相两个儿子的故事。如果你觉得这个故事更不可思议，请饶恕我的仆人。”

很久很久以前，开罗国王的宰相有两个儿子：沙姆斯丁·穆罕默德和努尔丁·阿里。宰相去世后，国王任命他的两个儿子共同担任宰相。沙姆斯丁·穆罕默德当一个星期，努尔丁·阿里当下一个星期。

有一天，沙姆斯丁·穆罕默德要出门旅行。离开前夜，他向弟弟提议，他们娶两个姐妹为妻，共同举行婚礼。“如果我们的妻子在新婚之夜怀孕，如果你的妻子生一个男孩，我的妻子生一个女孩，我们就让这对表兄妹成亲。”

“你要什么做彩礼？”努尔丁·阿里问。

“三千第纳尔，三个果园，三个农场。”

“嫁女儿，你应该不要分文！”努尔丁·阿里说，“再说，儿子比女儿值钱得多。”

“我诅咒你！”沙姆斯丁·穆罕默德喊道，“你那个发育不全、青蛙脸的儿子连我女儿修指甲剪下来的手指甲屑都不配，连脚趾甲屑都不配。”

早晨，努尔丁·阿里在鞍袋里装满金币，搭在母骡背上，再盖上一块丝毯坐垫。几周后，他穿过沙漠，来到港口城市巴士拉。

他碰巧遇到巴士拉国王的宰相。老宰相相中他，要把女儿嫁给他。“我兄弟在埃及做宰相，”老宰相向努尔丁·阿里宣告，“我们约定将来我们的孩子要联姻。这就是我兄弟的儿子，他到这里来是要和我女儿结婚。”

努尔丁·阿里惊得瞠目结舌。他从未向老宰相透露他是从埃及来的，也没说他是宰相的儿子。这个谎言感觉是为他量身定做的。

当晚，老宰相举行盛大宴会，用银器盛上烤鹅和烤牛宴请宾客。见证人在婚约上签字。客人离开时香炉仍余烟袅袅。

此时老宰相让努尔丁·阿里说出他来巴士拉的真实原因。于是，努尔丁·阿里讲出自己的故事。故事逗得老宰相大笑：兄弟俩为尚未存在的孩子打得不可开交。

努尔丁·阿里在这边热闹，沙姆斯丁·穆罕默德在埃及也是一波三折。

斑驳的晨光照在蚊帐上。山鲁佐德静下来。沙赫亚尔打量一圈，“我喜欢早晨的时光。小时候，我在黎明时出去玩耍。鸟还在窝里。你喜欢黎明吗？”

“在水中的手不像在火中的手。”山鲁佐德说。

“什么意思？”

“只有在你说出还有另一个黎明时我才会喜欢黎明。”

沙赫亚尔眨一眨眼。“她是在指责我吗？”

但是，她目光安详，语气温和。“我期待着下一晚的故事。”他说。

对页
巴士拉国王的宰相有一位可爱的女儿。当陌生人努尔丁·阿里骑着驴来到城里时，宰相喜欢上了他，便将女儿许配给他。

第二十二夜

宰相两个儿子的故事续篇（一）

“姐姐。”迪纳尔扎德叫道。

“不用多说。”山鲁佐德答道。

贾法尔要救仆人，那个苹果强盗，便继续讲述宰相的两个儿子，那两个争吵后各奔东西的兄弟俩的故事。

努尔丁·阿里在巴士拉时，哥哥沙姆斯丁·穆罕默德陪同埃及国王到金字塔参观。回来后，沙姆斯丁·穆罕默德计划和爱弟和解，但努尔丁·阿里已经离开。沙姆斯丁·穆罕默德派信使出去寻找不得。他叹一口气，只好放弃。

沙姆斯丁·穆罕默德决定娶商人的女儿为妻。巧得很，他们在开罗结婚的日子和努尔丁·阿里在巴士拉和老宰相女儿结婚的日子是同一天。九个月之后，沙姆斯丁·穆罕默德得到一个女儿，努尔丁·阿里得到一个儿子。

男孩长得英俊，像太阳一样容光焕发，皮肤光洁得像磨光的大理石，只有右颊上有一颗痣，格外显眼。他的名字叫巴德尔丁·哈桑。他出生不久，外祖父带着女婿进宫朝见巴士拉国王，说服国王任命努尔丁·阿里为宰相，取代他。

巴德尔丁·哈桑长到十二岁时，能读能写阿拉伯文，谙熟数学和法学，而且写得一手好字。一天，努尔丁·阿里带儿子进城，老百姓都瞪大眼睛，对这位美少年赞不绝口。他说话甜得像蜂蜜，笑容让太阳相形见绌。自此以后，父子总是同时出现。努尔丁·阿里自已日渐虚弱。他要为儿子继任宰相做好

前页

巴德尔丁·哈桑的父亲给他一个莎草纸卷，上面记载着他离开埃及来到巴士拉的故事。为保险起见，哈桑将纸卷缝在包头巾内。

准备。

一年一年过去，努尔丁·阿里越来越怀念埃及和长兄。一天，他坐在那里掉眼泪。他给儿子讲埃及宰相大伯的故事，然后，他把离开埃及的故事写下来，并且记录下他结婚的日子。他把莎草纸卷起来，交给儿子保存。此时，巴德尔丁·哈桑已经长到二十岁。为保险起见，他把纸卷缝在包头巾内的便帽里层。

努尔丁·阿里已经濒临死亡，备受痛苦的折磨。他把儿子叫到身边，说：“儿子，你听着。我给你留下五条忠告：

第一，要独立生活。不要信赖任何人。

第二，与人为善。否则，你会遭遇邪恶。

第三，少言。言多必失。

第四，避免酗酒。酒会引你入歧途。

第五，保护你的财富。财富带来平安。”

宰相死去。在随后的两个月里，巴德尔丁·哈桑一直为父亲守孝。

这段时间，国王没有宰相。他要咨询巴德尔丁·哈桑，但年轻人没能应召前来。国王任命另一个人担任宰相。盛怒之下，他派人去没收巴德尔丁·哈桑的财产，不允许他进家。

但有人提前跑来给巴德尔丁·哈桑报信。在一片混乱中，年轻人用长袍盖住头跑去父亲的坟墓。在路上，他遇到一位商人向城里走来。

晨光初现。山鲁佐德深深叹一口气，倒在枕头上。“下一晚再讲吧。”迪纳尔扎德请求道。

“对，”沙赫亚尔说，“努尔丁·阿里给儿子的忠告很好。我一定要知道他是否会照办。他现在处境危险。”

好忠告？国王真的相信不能信赖任何人吗？山鲁佐德信赖妹妹，因此她才能活到今天。这个国王多么可怜啊。山鲁佐德竟然违背自己的意愿，同情起国王。他需要学会信任。他需要欢乐。

信任和欢乐他都非常需要。

宰相两个儿子的故事续篇（二）

“姐姐？”“嗯。”山鲁佐德说。

“夫人？”“在。”山鲁佐德说。

贾法尔看得出，哈里发很着迷。或许，他真能救出仆人。他继续讲故事。

巴德尔丁·哈桑向商人通报自己的姓名后，商人感到很惊奇。他认识年轻人的父亲，也知道他父亲的商船队满载着货物，马上就要进港。他送给年轻人一千第纳尔，作为货物的钱款。巴德尔丁·哈桑将钱放进挂在腰带上的钱囊里。当晚，他睡在父亲的坟边。

墓地女巫看到他，对他十分倾倒。“秀色可餐。”当她指给魔鬼看正在熟睡的年轻人时说。

“他很英俊，”魔鬼说，“但是，在开罗，我看见一个女孩，她的美貌让星辰、月亮和太阳都会嫉妒。她是宰相沙姆斯丁·穆罕默德的女儿。国王想要娶她。但宰相刚刚得知他的弟弟在巴士拉已经去世，身后留下一个儿子。他的女儿和他有婚约。”

“什么疯子，”女巫说，“竟然拒绝国王？”

“的确。国王大怒，命令女孩嫁给一个丑得像蟑螂一样的男人。可怜的女孩！从来没有人像她这样美丽绝伦。”

“不对，”女巫说，“这个年轻人更加俊美。”

“好吧，那他们必是绝配。我们尽快带他去见她。”

魔鬼和女巫将年轻人带到开罗，放在一张椅子上。

巴德尔丁·哈桑醒来时环顾四周，困惑不已。魔鬼叫他去浴池，那里有一个人正在为婚礼做准备，他应当加入婚礼的行列。如果新娘一侧的婚礼行列中有人靠近他，他应该从钱囊里抓出大把金币，分给众人。

巴德尔丁·哈桑把金币撒向载歌载舞的女队。结婚行列来到宰相

历代的沐浴

西班牙塞维利亚王宫的阿拉伯浴场。

最早的公共浴池可以追溯到四千到五千年前印度河流域（即今日的阿富汗和巴基斯坦）的文明。从那时起，许多文化中都有公共浴池，有时只是为洗澡，但有时是为社交或文化活动。在中世纪的日本，浴场被安置在寺庙中，是净化仪式的一部分。在这个故事中，新郎沐浴是婚前清洁仪式的一部分。

对页

英俊的巴德尔丁·哈桑坐在长得像蟑螂一样的新郎旁边。新娘进来时，她满心希望能和这位迷人的青年成亲，但她内心明白她只能嫁给旁边的那只蟑螂。

的家。宰相正是年轻人的大伯。当然众人并不知晓。在大门口，门卫阻止陌生人进入，但是歌舞队的女舞者坚决要求让给过她们金币的年轻人进门。

巴德尔丁·哈桑坐在新郎的右侧。新郎不停地抠鼻孔，挠屁股，四处吐痰，愁眉苦脸。与新郎相反，年轻人面带温和好奇的微笑。

女人们演奏手鼓和笛子时，新娘走进来。她的辫子编成圆环，绕着镶嵌珍珠的香囊。香囊里盛着豆蔻、龙涎香、檀香。长着红宝石眼睛、绿柱石脚和金喙的小鸟装饰着她的长袍。她的脖颈上戴着蓝色的圆宝石。然而，所有这些熠熠生辉的装饰都掩不住她清澈纯真的眼睛。

巴德尔丁·哈桑感觉自己在这双眼睛里游泳，险些溺毙。

女孩走进大厅，心怀恐惧。她在内心祈祷，希望那个被称作蟑螂的人有一颗善良的心。但她的目光锁住了一位年轻人。他和自己长得极像，完全可以做自己的兄弟。他也盯住她，眼睛里流露出的饥渴欲望让她不禁脸红。他是新郎吗？

女孩放下面纱，站在年轻人面前，几乎希望自己已死。他不是新郎。没人会叫他蟑螂。新郎一定是他身边那个抠鼻子的男人。

客人散去。新郎对巴德尔丁·哈桑说："走开，陌生人。这个夜晚属于新娘和我。"

巴德尔丁·哈桑只好走开。魔鬼叫住他。"在这里等候，"他说，"新郎去厕所时，你冲进卧室，告诉新娘你才是她真正的丈夫。"

白鹡鸰的鸣叫宣告清晨的到来。

"下一夜接着讲。"沙赫亚尔说。

山鲁佐德翻过身来面对着国王。她的手指沿着枕头的边缘弹奏。"你怎么看？年轻人是不是应该相信魔鬼？"

"当然应该！女孩是他表妹。他们有婚约。"

"难道让他违背父亲的第一条忠告吗？"山鲁佐德假装困惑不解，"他说：'要独立生活。不要信赖任何人。'"

"偶尔，我们必须信赖。关键是知道什么时候信赖和信赖谁。"沙赫亚尔答道。

好，山鲁佐德心里说。下一步要让国王欢乐。

第二十四夜

宰相两个儿子的故事续篇（三）

“姐姐，继续讲故事吧。”迪纳尔扎德说。

“当然。”山鲁佐德说。

贾法尔明白，他必须把故事的结尾讲得比以往更有戏剧性。仆人的性命悬于他的故事。

年轻的巴德尔丁·哈桑站在原地，拿不定主意。应该相信魔鬼吗？如果说蟑螂是那女孩的合法丈夫，那么进入卧室便是永远不可饶恕的冒犯。因为类似的冒犯，人们是可以相互残杀的。

然而，他又记起女孩的眼睛。他还想起母亲曾经对他说过：“你如果偷，就去偷骆驼。”骆驼是人们最值钱的财产。所以，偷骆驼是最为人所不齿的行为。他强咽下堵在喉咙里的硬块。他想当好人，不想当窃贼，但他感觉和这个女孩心心相印。

巴德尔丁·哈桑对空做出一个飞吻。他感觉眼下他自由自在，充满活力。他不知道这种感觉还能持续多久。他挺起胸，走进卧室。

此时，新郎正坐在厕所里，做着进厕所的人常做的事。“喵。”下面传来一声尖叫。新郎一跃而起。茅坑里飞出一只黑猫。“喵！”黑猫膨胀开来，爪渐变成蹄，胡子变成口鼻：猫变成一头驴。“嗯啊嗯啊！”“救命！”新郎大叫。

驴继续膨胀，变成一头水牛。水牛把脸贴上新郎的脸，说：“丑八怪！你偷走了我的妻子！”

前页

恐怖的事一件接着一件从茅坑里冒出来：猫变成驴，驴又变成水牛，一只比一只叫得更刺耳，把蟑螂相的新郎吓得仰面倒地。

新郎拼命摇头。“是国王强迫我的。我从来没想娶宰相的女儿。而且没有人告诉我她还有一个水牛丈夫。”

“待在厕所里别出来，”魔鬼乔装的水牛说，“你如果离开，我就敲碎你的头。到早晨再离开。永远不要回来。”水牛魔鬼提起新郎，把他头朝下塞进茅坑里。新郎的双腿在空中踢腾。

所有这些活动意味着，当巴德尔丁·哈桑走进卧室时，里面空无一人。他掀开网罩，爬上床，在那里等候。

不一会儿，一只小手再次掀起网罩。女孩睁大眼睛。“是你。我以为那个可怕的人会在这里，但却是你。我神志不清吗？我看到的是真的吗？”

“我是巴德尔丁·哈桑。我是真的。你叫什么？”

“希特·哈桑。”

“你是我的妻子。”巴德尔丁·哈桑说。然后，他又用魔鬼教他的话补充道：“国王给那人钱，让他假装和你结婚，演出一场笑话。”

“我可不觉得滑稽。”她用力摇头，头发左右摇摆，“不过，现在我觉得是很滑稽。”她大笑道。

巴德尔丁·哈桑解下腰带和挂在腰带上的钱囊。钱囊里有商人付给他的一千第纳尔。他把腰带和钱囊都塞在床垫下面。他解下包头巾和便帽。便帽里缝着父亲的故事。他把包头巾和便帽也塞在床垫下面。然后，他拍拍身边的床垫，说：“我们要不要相互熟悉一下？”

之后，新婚夫妇相拥进入梦乡。

魔鬼和女巫此时进入卧室。“我们必须把年轻人送回墓地。要不人们发现他在卧室里会处死他的。”女巫说。他们架起巴德尔丁·哈桑，飞过沙漠。不久，魔鬼突然全身着火，立即丧命。女巫设法将巴德尔丁·哈桑运到下一座城市。那里是大马士革。她不敢逗留。

巴德尔丁·哈桑躺在城门口，只穿着一件衬衫。人们围拢过来。尽管他长得帅，衬衫也昂贵，但人们还是把他当成醉汉。交头接耳声把他吵醒。巴德尔丁·哈桑问自己身在何处。

有人回应：“你不知道吗？你昨夜睡在哪里？”

“开罗。”巴德尔丁·哈桑说。

“真是一个醉汉。你不可能昨晚睡在开罗，今天在大马士革醒来。两个城市之间要走好多天。”

对黑暗的恐惧

满月的黑夜，海面反射着月光。

这个故事里的魔鬼和女巫在晚上飞来飞去，但白天睡觉。如果他们在白天活动，天使会试图杀死他们——就像这个故事里那样。在许多文化中都发现有对讨厌的，有时甚至是致命的夜间生物的恐惧。一万多年前的洞穴壁画描绘它们。目前看来，许多关于吸血鬼和其他夜怪的故事听起来很愚蠢，但它们很可能源于更深刻的关于善、恶和自由意志的观念。

“但这是真的，”巴德尔丁·哈桑说，“昨天上午我在巴士拉，昨晚在开罗，今天早晨在大马士革。”

“他没醉，他有神经病。把他关起来。”

巴德尔丁·哈桑设法逃脱。他跑到第一家已经开张的店铺。那是一家饭店。店主曾经是一个令人恐惧的强盗。他早已洗手不干了，但人们仍惧怕他，所以没人追进店来。

“怎么回事？”厨师问。他听年轻人从头至尾讲完，皱皱眉，说：“我来认你当儿子吧。让我来保护你。”

此时，埃及宰相沙姆斯丁·穆罕默德走进洞房去找女儿。“哎呀，亲爱的希特。你的新婚之夜该是多么痛苦啊。”

“痛苦？夜晚非常愉快。”

“你说和那个混蛋过夜非常愉快？”

“不要再开玩笑，父亲。你知道我和美丽的陌生人度过了一个良宵。他这会儿一定是在厕所里。”

沙姆斯丁·穆罕默德冲进厕所，找到头朝下的新郎，把他拖出来。“发生了什么事？”

“你们全是疯子！”新郎吼道，“你不知道你女儿和一头水牛结婚吗？”

沙姆斯丁·穆罕默德回到女儿的卧室，找到便帽和缝在里面的故事，就是他弟弟临死前写的故事。他明白巴德尔丁·哈桑是他的侄子。然后，他又在钱囊里找到一千第纳尔。他以为那是彩礼。啊，他必须尽快找到年轻人，欢迎他回家。但这件事并不容易，比他想象的要难得多。

在随后的十年间，巴德尔丁·哈桑住在遥远的地方，远离他的表妹妻子，也远离婚后九个月出生的儿子。经过许多事之后，沙姆斯丁·穆罕默德才终于找到侄子并把他带回开罗。可怜的巴德尔丁·哈桑并不知道这是伯父带他回家。他以为自己是一名囚徒。沙姆斯丁·穆罕默德告诉女儿希特去卧室等候。她丢失多年的丈夫进来时，她要假装什么事都没发生那样迎接他。安排好一切之后，沙姆斯丁·穆罕默德让巴德尔丁·哈桑到他表妹（妻子）的卧室去。

巴德尔丁·哈桑终于认出这是什么地方。妻子就站在面前。这一切是怎样发生的？

妻子希特微笑道：“你这趟厕所去的时间可不短。”

"这就是宰相两个儿子的故事。"贾法尔说。

"充满巧合。"哈里发说。

"巧合比眼下的苹果事件和我们在底格里斯河打捞上来的箱子里的女人要多很多。不是吗？"贾法尔盯着哈里发，眼里充满希望。

他的仆人紧张地缩成一团，等待着。

"是的，"哈里发说，"你的仆人可以活下去。"

清晨，鸟儿开始鸣叫时山鲁佐德闭上嘴。"真奇妙。"迪纳尔扎德说。

"隐藏的比暴露的多。"山鲁佐德说。"下一夜再给我们讲吧。"迪纳尔扎德说。

"如果陛下高兴。"沙赫亚尔打量着山鲁佐德，脸上露出陌生的表情。他的嘴唇颤抖着。

然后，他露出微笑。"你不知道你女儿和一头水牛结婚吗？"他模仿着蟑螂新郎的语气问。他满脸笑容，说："你这趟厕所去的时间可不短。"他大笑着仰面躺倒。山鲁佐德也大笑起来。

起初，她为救人才开始讲故事。因为自己能坚持活下来，她已经救了许多女孩的性命。或许，她的故事还有别的用途。她看着大笑的丈夫。

或许，她的故事还可以挽救一个灵魂。

对页

希特·哈桑与走失多年的丈夫巴德尔丁·哈桑开玩笑。当他流离失所十年后再次露面时，她装得丝毫不觉得奇怪，轻描淡写地问他怎么去一趟厕所花这么长时间。

第五十一夜

卡玛·阿萨曼的故事

“姐姐？讲故事吧。”迪纳尔扎德恳求道。

“很愿意讲。”山鲁佐德答道。

个名叫沙赫鲁曼的国王要在死前看到儿子成婚。为此他设计了一个豪华的婚礼。他把自己的想法讲给儿子听。儿子叫卡玛·阿萨曼，只有十五岁。

卡玛性情温和孝顺，长相也十分养眼。但他摇头，说：“我不要结婚。我听说女人都奸诈。”

沙赫鲁曼顿时感觉世界变得暗无天日。但他极爱儿子。于是，他耐心等待两年后才重提结婚的事。卡玛双膝跪地请求道：“儿子理应服从父母。我对父亲的挚爱也促使我遵从父亲。但是，唉，我不要结婚。”他引述著名诗篇里提到的狡诈的妻子和受骗的丈夫。

沙赫鲁曼不知如何是好，便请教他的宰相。宰相捋着胡须说：“再等上一年。到那时聚拢朋友和官兵。在众人面前他不会不遵从的。”

一年以后，沙赫鲁曼将朋友召集来，然后唤儿子过来。儿子应召而来，亲吻父亲脚前的地面三次，然后站起身。

“结婚时间已到。”

年轻人垂下头。又来一次，父亲的脑子不好使吗？屋里还挤满人，让他们见证逼婚。不公平的伎俩！

“我永不结婚！”

沙赫鲁曼怒火中烧。当着这么多人的面，这样的耻辱让他

前页

卡玛·阿萨曼因忤逆父王而被打入冷宫。女妖麦慕娜在那里发现这位英俊的青年，这让她兴高采烈。

无法忍受。他喊道："把他抓起来！"

国王的马穆鲁克武士把卡玛拖走，关进一座高塔里。塔里的石板和坍塌的墙壁阴冷潮湿。受到惊吓的王子躲在灯笼光线照不到的阴影里。他从来没想要伤害善良的父亲。他真是一个顽劣的儿子。仆人送来食物。男孩懒洋洋地吃过，做完祷告，躺在垫子上，沉甸甸的头枕着鸵鸟枕头，睡得很不安稳。

此时，沙赫鲁曼感觉麻木得像死人一样。事情怎么这么糟糕？"是你让我在公众面前受辱，"他对宰相说，"是你导致我把我的生命之光关在高塔里。是你的责任。你要负责！"

"把儿子在塔里关押十五天，"宰相说，"到时候他会回心转意的。"

眼泪积满沙赫鲁曼的眼眶。

高塔附近有一口井。井里住着女妖麦慕娜。麦慕娜扇动翅膀，为晚间偷听做好准备。正在此时，她注意到高塔门缝下面有光亮。出于好奇，她施展魔法溜进高塔。她掀起丝质床单：一位年轻人睡在里面，头发黑得像海底，嘴唇红润，面颊饱满，眉毛弯得像新月。她流下口水。

第一缕阳光从镜面反射回来。山鲁佐德讲故事时，双手在空中舞蹈。现在，她双手合拢，像是在做祷告。沙赫亚尔握住她的手，吻她的面颊、鼻子，以及两眼之间。丈夫过去经常吻她，但从来没有吻过两眼之间，也从来没有这样温柔。"卡玛是对的。婚姻带来悲剧。"沙赫亚尔说，"而且你也知道，因为这个故事是你编出来的。""不是所有婚姻都带来悲剧，我的陛下。""但带来悲剧的婚姻太多。"泪珠挂在沙赫亚尔的面颊上，闪着光。虽然丈夫多次亲吻过她，但山鲁佐德从未回吻。这一次，在晨光中，她把脸慢慢凑过去，轻得像呢喃一样，她在他的胡子线之上的脸颊上、鼻尖上、两眼之间，印上一个个吻。她知道他屏住呼吸，因为她感觉到他的呼吸暂停。她知道他的心跳也止住了，因为她听不到他的心跳。"不是所有婚姻，丈夫。"床下传来迪纳尔扎德的动静。她在挪动身体，让自己躺得舒服。但女孩没说话，她成熟得与自己年龄不符。"我期待下一夜的故事。"沙赫亚尔说。山鲁佐德的呼吸顺畅起来。"我更期待我们入睡前的时光。""我也期待。"山鲁佐德说。她意识到自己在说心里话。当沙赫亚尔离开卧室时，山鲁佐德不假思索地将剩余的制剂倒到窗外。迪纳尔扎德来到她身旁。“那是什么？茴香味道好大呀。”“只有一小会儿。再闻闻，没有了吧？”有时候，我们会犯大错。还有时候，我们会做出幸运的决定。山鲁佐德用指尖碰一碰脸颊、鼻子和两眼之间。但愿今天的行动是幸运的。

第五十二夜

卡玛·阿萨曼的故事续篇（一）

“醒醒，姐姐！我替卡玛担心。”迪纳尔扎德说。

“是的，”沙赫亚尔说，“我也紧张得大气不敢出。”

“好好听着，亲爱的。”山鲁佐德说。

女妖麦慕娜盯着年轻人，把他嚼嚼咽下应该不难，她跃跃欲试要饱餐一顿。但很快她收起利爪。年轻人的美貌让她想到美好的荣耀。她展翅飞走，痴情得晕晕乎乎。

不久，她听到从身后传来翅膀迅速扇动的声音。她忽然俯冲，像鹰一样，利爪收紧钳住！在她利爪中挣扎的是达纳什，魔鬼中最愚蠢的一个。但在此刻，他表现出狡黠，以真挚的言辞请求饶命。难道他在她的面容里看到一副神圣的表情？“饶你性命？”麦慕娜说，“可以，但你先告诉我，你从哪里来，为什么飞得这么快？”

“从遥远的国度，”达纳什说，“我会告诉你一件奇事，如果你放开我，并且写一个字据，说我在你的保护下，永远不受其他魔鬼的伤害。”

麦慕娜把自己的鼠脸顶住达纳什的鸟脸，说：“讲。”

达纳什讲出遥远国度国王乌尤尔的故事。他拥有七座城堡，城堡的建筑材料分别是水晶、大理石、铁、珠宝、嵌着有色宝石的砖、银和金。城堡是为女儿布杜尔公主建的。公主将在每一座城堡里住满一年，直到她住完七座城堡。

远近的国王都希望能娶这位天仙般的公主为妻。但是布杜尔公主不愿意任何男人来统治她。求婚者络绎不绝，迎接挑战。毕竟，谁都希望赢得

对页

公主和王子，哪一位更美丽？嘎什嘎什提出一个合乎逻辑的测试：谁对另一位产生爱情，谁就不如另一位美丽。

货真价实的宝贝。她拒绝的求婚者越多，来求婚的人就越多。

乌尤尔逼迫女儿结婚。愤怒的布杜尔公主说：“不要再逼我，否则我用宝剑自刎。”国王吓得赶紧退出。她真要说到做到吗？他把女儿锁在屋里，派十名老婆婆看守。国王乌尤尔对外宣布女儿神智失常，需要静养。

“这就是布杜尔公主居住的地方。她是世上最美丽的人，”达纳什说，“每天夜里我都去一睹芳容。”

“可爱，或许是。但她不是世界上最美丽的人。我今晚早些时候刚目睹过一个男子的美貌。”

魔鬼据理力争。最后，他们同意，要决定胜负，最好的办法就是将王子和公主放在一起，当面比较。他们飞到远方的岛屿，把公主带来。一路上，公主深陷因囚禁造成的抑郁，竟然没有醒来。他们将她摆在王子身边，从各个角度进行比较。魔鬼还是认为公主更美，女妖则认为王子更美。最后，麦慕娜一拍地，从地下跳出一个独眼、长满疤痕、四肢扭曲的魔鬼。脓水从他耳朵里流出，老鼠从他的大胡子里探头探脑，口水从他的嘴角淌下。“嘎什嘎什，你来做裁判。这两个人哪个更美？”嘎什嘎什跳起歪七扭八的舞蹈。“你必须轮流叫醒他们，一个睡着，一个醒着，看谁不可救药地爱上另一个。从逻辑角度，谁爱上对方，谁就是差一点。”

美丽与虔诚

一名马来西亚妇女。

在这些故事中，美丽的人经常被描绘成真诚的，而丑陋的人则被描绘成可怕的。这种对外表的关注和对美的强调在中世纪世界很普遍，不仅在中东，也在整个欧洲，以及从古代世界到今天的许多其他时代和地方。也许传统的美的观念与健康观念有关。也就是说，如果你看起来很好，闻起来很好（在香水的帮助下），也许你就是健康的——这对生殖和生存有好处。

初升的太阳在沙赫亚尔周围形成一个光环。沙赫亚尔侧躺着，打量着山鲁佐德，目光中是一汪暖意，好像在邀请她在里面沐浴。山鲁佐德的手指沿着光环的边缘滑过，近得能搅动他的脖颈和胳膊上的汗毛，却不直接接触。“谁赢啦？”迪纳尔扎德问。“下一晚你会知道，如果陛下恩准。”“我们不要再这样一问一答了。”沙赫亚尔说，“以后，我来宣布故事什么时候结束。结束之前，每天晚上讲，山鲁佐德。”

直到他宣布结束为止，好吧，直到那时，生命将继续。未来好像受伤的战士，仰着头，无助地等待着，脑子里只有一个问题：下一次出现在视线之上的面孔是敌人还是朋友？

第五十三夜

卡玛·阿萨曼的故事续篇（二）

“姐姐……”

“好好听着。”

魔鬼和女妖要用嘎什嘎什的方法来决定谁更美丽，是王子还是公主。达纳什变成一只跳蚤，咬了卡玛·阿萨曼一口。王子醒来，拍一下脖子。此时，达纳什早已跳到公主身上，又咬一口。这次咬和上次不一样，这一口让公主进入昏睡状态。

卡玛坐起身。一个女孩在他的床上。头发和他的一样黝黑，眼眉也弯得和他的一样，面庞红润饱满，也像他。他感觉是在照镜子，镜子里的映像是自己的改进版。她是真的吗？他伸手触摸她的肩膀，但她翻了个身，嘴张开着，像一个孩子。卡玛低下头，盯着她的脸。她呼出的热气让他的面颊瘙痒。她的纯真感让他彻底折服。她肯定诚实、率真，充满爱心。他只靠观察她的睡姿便得出这些结论。这是爱情之谜。显然，年轻人已经坠入爱河。“醒一醒，亲爱的。”但布杜尔公主不能从昏睡中醒来。王子将嘴唇移近，停在公主的嘴唇上方。一个完美的亲吻，别无他求。

达纳什沾沾自喜。王子被迷住了。达纳什赢啦！

卡玛再凑近一些……然后止住。不行，不能偷吻。他要端端正正地行事。早晨，他将告诉父亲他要娶她，让父亲满意。显然，一定是父亲把她放在这里的。否则，她怎么能避开这么多卫兵？他把姑娘的指环戴到自己的手指上。嗯，就连他们的手指都同样粗细。卡玛转过头去安然入睡。

前页

卡玛·阿萨曼试图叫醒睡在床上的女孩，但她处于被跳蚤咬后的昏迷状态。他摘下她手上的戒指。之后，年轻人也陷入昏迷。布杜尔公主醒来后立刻爱上了王子。

“看到了吗？”女妖麦慕娜说，“激情没能主宰他。让我们看看你的公主是不是能表现得好些。”说完，她变成一只跳蚤，在布杜尔公主的肚子上咬了一口。当然，她也咬了年轻人一口，却是把他送入昏迷。

布杜尔公主眼睁得大大的。她身边躺着一个男人！她吃惊地往后缩。但他不动。她大起胆子探身过去看他的脸。他的脸柔软，至少看上去柔软。她没有触摸。她从来没摸过年轻人的脸。越审视这张脸，她越注意到一些细节。唇边的曲线，他一定喜欢大笑。即使是闭着，他的眼睛也似乎有一种大方的神情。

布杜尔公主摸一摸自己的喉咙。这人不欺负人。他有一颗敏感的心。天哪，她已坠入爱河。“醒醒。”公主说。

“来吧，和我在一起，做我的爱人。”卡玛在睡梦中唱道。“你会拒绝我吗？”公主拿起年轻人的手，而卡玛仍在睡。“这是什么？你拿去了我的戒指。哦，这是爱的举动，不是别的。我要照着做。”她把卡玛的戒指戴上。然后，她用胳膊围住他，也进入梦乡。

山鲁佐德在晨光中揉揉眼睛。

“她的胳膊围住他，故事也正好告一段落。”沙赫亚尔说。他皱紧眉头。“你的故事太简单。王子有一个信念，却被爱情裹挟而去。你把他说得像一个傻瓜。”

“那公主呢？”山鲁佐德说，“她也有一个信念，却也被爱情击败。”

“但是，她的信念是错的。不是所有的男人都想管控他们的妻子。”

“是不是也可以说，不是所有的女人都背叛他们的丈夫？”

“也许是吧。但不会这么简单，不会像你故事里讲的那样。”嵌在山鲁佐德内心深处的冰块一直没有融化，现在突然更沉重了。一个直截了当的爱情故事不会吸引这个男人的注意。

“故事还没结束呢，”山鲁佐德说，“而且故事并不简单，我的丈夫。”

保护疯子

一位公主独处，沉溺于思念她的王子。

在这个故事中，王子和公主被逼疯，因为他们被分开。在前面（第二十三夜）的巴德尔·丁·哈桑的故事中，一群人认为他疯了，要把他关起来。然而，他们很可能是在考虑找一个安全的地方来保护他，而不是监狱。在许多地方，甚至在一个世纪前，精神病患者仍被丢弃于社会之外。但是患者需要的是治疗，而不是放逐。早在9世纪，巴格达和开罗就有收治精神病患者的医院。

第五十四夜

卡玛·阿萨曼的故事续篇（三）

“姐姐？”传来一个急切的声音。“夫人？”传来一个好奇的声音。“耐心。”山鲁佐德说，“让我先把枕头拍蓬松。”啊，她已经学会适当地拿一把。在死之前，她要学会多少欺骗的伎俩？“我们上次讲到哪里了？”她漫不经心地问道，“哦，对，年轻人和女孩在相爱。”

“公主在拥抱我的年轻人。”麦慕娜说，“我赢啦。但我比较宽宏大量，达纳什，你可以活下去。”达纳什和嘎什嘎什将熟睡的公主送回家。

早晨，卡玛王子醒来后四处寻找，然后又召集卫兵进来，问：“昨天在我床上的女孩在哪儿？”

“昨晚你床上没有女孩。”

“不许撒谎！”他们开始争吵。卡玛变得狂躁，越发担心他们将永远把他和女孩分开。他扇卫兵耳光，揪住他的头往地板上撞，然后又把他头朝下按在井里。“淹死你，你如果不讲实话。”

卫兵吓得结结巴巴地哭喊道：“我一定说实话。先放开我。让我换下湿透的衣服，换一身干净的衣服。”

“快去，”王子说，“快去快回！”

此时，宰相正在给不知所措的国王出主意：把王子关在高塔内一个月，让他屈服。到时候，年轻人一定会同意结婚。

卫兵冲进来，浑身上下水淋淋的，头上流着血。“大事不好！”他把发生的事描述了一遍，“王子疯了。”

“你这个愚蠢无用的宰相，”国王说，“看看你把事情搞得多么糟。去高塔把这事处理好。”

宰相发现卡玛正在诵经。“什么事？”宰相问，并把卫兵说的重复一遍。

卡玛意识到宰相也假装对女孩的出现一无所知后，他揪住宰相的大胡子，拖他在地板上磕磕碰碰，按住他的头往墙上撞。“告诉我，”他每往前迈出一步便大喊一声，“告诉我，告诉我，那个女孩在哪儿。”

“我一定告诉你，”宰相喊道，“放开我！”王子把宰相摔在地上。宰相揉一揉身上的青肿，“让我喘一口气再谈。”

“不用谈。现在是要行动。告诉父亲我要和他为我选中的女孩结婚。”王子说，“马上。”

宰相告诉国王后，沙赫鲁曼赶到高塔。唉，遇到世上最不幸的事，儿子疯啦。“那只是一场梦，我的儿子。”

“梦见打仗时，你醒来会手握沾血的宝剑吗？当然不。”

卡玛伸出手：“这是她的戒指。”

沙赫鲁曼仔细查看戒指。“这事和我想的完全不同。我们只能不停祈祷。”

“王国没有你不能运作，陛下，”宰相说，“你可以和王子隐居在海边的皇亭里。但是，我恳求你，一周腾出两天主持仪式，处理政务，解决臣民的纠纷。”

于是，沙赫鲁曼和卡玛搬到海边的皇亭，在那里祈祷。沙赫鲁曼每周两次处理朝政。真主没有给他们任何启示。月亮从圆转亏，又转圆。卡玛吃不好睡不好。

他逐渐憔悴，看上去更像一个骷髅。

阳光在沙赫亚尔的上牙闪光。“你在笑。”山鲁佐德说。

“故事一波三折。”

“告诉你，故事不简单。”

“我一整天都会为王子担心。”

“你不为公主担心吗？”

沙赫亚尔用指尖轻触山鲁佐德的嘴唇。“我没想过她。不过，经你一问，在下一晚的故事里，我肯定会关注这位少女的命运。”

这个男人什么时候才能主动看到故事里女性的一面呢？

对页

沙赫鲁曼和卡玛 · 阿萨曼住在海边的皇亭里。年轻人的内心思念着丢失的女孩，睡不好，吃不好。

第五十五夜

卡玛·阿萨曼的故事续篇（四）

山鲁佐德将一根头发掖在枕头下面。过一会儿，她要把这根头发和五十四根她藏在珠宝盒里的头发编在一起。她清清嗓子开始讲第五十五夜的故事。

正当卡玛在海边皇亭里度日如年时，布杜尔公主的境遇更加糟糕。当她醒来发现自己独自一人时也震惊不已。她肝肠寸断，无法思考。她坚持要老婆婆告诉她年轻人去了哪里。老婆婆们求她噤声。她屋里没有年轻人。当然没有。她们都是淑女。她们绝不会允许年轻人进入她的卧室。

布杜尔公主抓起一把宝剑乱舞。老婆婆跑去见她父亲。乌尤尔国王试图让女儿安静下来。当她坚决要求父亲告诉他把年轻人藏在哪里时，困惑的国王只能摇头。

布杜尔公主尖叫。她眼球翻到脑后。她撕扯衣服和头发。国王无计可施，只好把铁链的一头套在她的脖子上，另一头拴在窗户上。她像疯狗一样狂吠。

国王悲痛不已。

但是，国王不会袖手旁观，放任女儿陷入精神失常的泥潭。他召集来医生、星象术士、智者和护身符大师。谁能治好女儿，他就把女儿嫁给谁。但是，来应试却不能治好他女儿的人，就将被处死。不久，皇宫大门上挂满失败者的头颅。没人再敢来给公主治病。

布杜尔公主在痛苦中度过了三个年头，除了哭泣和咆哮没有做任何事。

前页

布杜尔公主为年轻人的消失而痛不欲生。她大喊大叫，像一个疯人。她父亲无计可施，只好用锁链拴住她，又四处求医。

公主碰巧有一位过继的兄弟，叫马尔祖旺。在她忍受痛苦的三年中，他在远方游历。现在他游历回来，询问公主的情况。从母亲那里了解到公主的境况后，马尔祖旺宣布他必须去见公主。于是，母亲来到皇宫，向守卫解释说她女儿和布杜尔公主从小一起长大，想要见她。守卫说，见面是违反规矩的，但如果母女俩半夜来见，他们会允许见面。母亲回到家里，给马尔祖旺穿上女人的衣服，两人一起回到皇宫，进入公主的房间。

进屋后，马尔祖旺迅速除掉伪装。公主疑惑地眨眼。马尔祖旺念咒语，试图驱赶附体的恶魔。

“兄弟，是你吗？”布杜尔公主说，“你也认为我疯了吗？真的吗？”她赋诗一首：

他们发现我疯痴，要为我治疗，
是我的爱人偷去我的心智。
直到他们把他找回归还我，
没有药，没有人，没有地方属于我。

“你在恋爱，”马尔祖旺说，“所有疯病中最普通的一种。可是你戴着镣铐。告诉我发生的事。”

她给他看手上的戒指，给他讲述一切。

马尔祖旺再次出发，去寻找真相。他从一个岛找到另一个岛，寻找知道底细的人，寻找线索和暗示。很快他就找到了：在一个遥远的国度，陆路要走六个月，水路再走一个月，在那里住着卡玛王子，他得的病和布杜尔公主的一样，是由抑郁导致的精神失常。马尔祖旺登上一艘船。但就在他下船的前夜，遇上一场暴风雨，船帆被扯裂，船桅被折断，船身被掀翻。

山鲁佐德抬起脸迎接早晨温暖的阳光。“我喜欢听暴风雨的故事。”沙赫亚尔说。“可怜的马尔祖旺，”迪纳尔扎德说，“可怜的王子和公主。”“别泄气，”沙赫亚尔说，“好事在后面。”“当然。”他们太容易依赖山鲁佐德。阳光轻快地掠过她的鼻子和脸颊。阳光在她的喉咙上起舞。山鲁佐德在内心深处祈祷。让我的声音有力量。救我。

第五十六夜

卡玛·阿萨曼的故事续篇（五）

前一晚，山鲁佐德没有等人请求便开始讲故事。那是一个错误。他们应该请求，然后她才付出，就像商品交换一样。他们应该理解，这些故事不是轻易发生的。山鲁佐德在白天游览市面，随时注意那些能够给她的故事增加内容的细节。他们不该满不在乎地对待她用汗水和眼泪编织的故事。她听着蝉鸣，耐心等待着。“姐姐？”传来迪纳尔扎德的声音。

“继续讲暴风雨的故事，夫人。”

暴风雨，他只对暴风雨感兴趣吗？好吧，山鲁佐德偏不再展开暴风雨。这些故事是她在生活中唯一能控制的东西。她不会因为他而放弃这唯一的控制。绝不。

暴风雨过去。不再有雨和电闪雷鸣。

船上载的东西全翻扣在海底。人们在波涛中挣扎。海浪将马尔祖旺冲向皇亭的方向。在皇亭里，卡玛正有气无力地躺着。他已经几天不吃不喝。沙赫鲁曼在一旁蜷缩着，无所事事地拔着胳膊上的汗毛。

宰相站在窗前。“有人陷在海潮里。陛下，我可以打开海闸放他进来吗？”

“你如果放他进来，他会看到我儿子的处境多么凄惨。他会说出去，人们会幸灾乐祸。人们总是嫉妒皇家，就想看我们垮台。”

“如果我不开门，他会淹死的。”

“哼！救吧。但是，如果他把这里的情况说出去，我要你们两人的人头。”

宰相打开门。他抓住马尔祖旺的头发，救他脱离险境。“亭里有一位将死的王子。不要看他，否则我们俩的性命不保。”

“王子为什么要死？”

“三年前，他拒绝结婚。他父亲把他锁在这里。他坚持说有一位女孩来过，他留下了她的戒指。他苦苦思念她。他要为她而死。”

无的价值

这是一个算盘，用于计算总和。

在这个故事中，王子作为算术家提供他的服务。在中世纪，所有的学问领域都被认为是相互关联的，所以算术家很可能会知道很多事情，包括治疗。然而，这个时代算术家的大部分工作都与我们所知道的数学更严格地相关。在10世纪后期，波斯学者穆罕默德·本·穆萨·阿尔·花剌子模将数字零作为占位符，用于数学计算。虽然，实际上，在此之前，埃及学者已经使用相当于零的符号近三千年。想象一下没有零的数学计算如何进行。

对页

公主的义兄将年轻人带到关押公主的地方。公主和年轻人终于重逢，他们立即结为夫妻。他们似乎终于把痛苦撇在身后。

马尔祖旺意识到这正是他一直在找寻的卡玛。马尔祖旺走进皇亭，直接向王子走去。他给他背诵一首爱情诗，然后轻声耳语，布杜尔公主在等他。她在乌尤尔王国，被锁在监狱里。卡玛坐直身体，轻声和马尔祖旺讲话，以免父亲听到。他们一起吃喝。他的健康很快恢复。沙赫鲁曼让全城人庆祝，敲锣打鼓，载歌载舞。第二天，马尔祖旺计划卡玛的逃脱。他们俩都清楚，父亲不会同意他外出旅行的。

卡玛告诉父亲他要去乡下打猎。他在鞍囊里装满钱。当他们远离宫殿时，卡玛和马尔祖旺打马狂奔，把随从的仆人远远甩下。几天后，他们杀死一只骆驼和一匹马，将卡玛的衣服撕碎，扔在血污上，造成王子已死的假象。一旦国王手下的人追到这里，看到现场，以为王子已经遇难，便会放弃追赶。

他们来到国王乌尤尔的岛上。卡玛站在大街上高喊："抄写员、医生、占星术士、算术家，我全能。谁需要我的服务？"

城里人对他表示同情。"别再吹嘘啦，"他们警告他，"赶紧离开吧。否则你的头也会被挂在城门上，就像其他算术家和占星术士一样。"

当然，卡玛没有停止，直到国王乌尤尔派人来请他去。王子径直疾步来到公主被拴的屋里。他在屏风外站住，写了一封信，表达自己的爱情。他让守卫将信转交给公主。

布杜尔公主打开信，她自己的戒指从信里掉到她的手中。她读完信。他终于来啦。她用脚蹬住墙壁，用尽全力挣断拴在脖子上的锁链。她拉开屏风，投入卡玛的怀抱。

当天，他们举行了婚礼。

沙赫亚尔鼓掌。"美妙的故事。一切障碍都被克服。"

"故事还没结束，"山鲁佐德说，"新的障碍还可能出现。"

"还有什么新障碍？"

"你会知道的。真正的问题是，他们能够一起战胜这些障碍吗？"

"他们能吗？"沙赫亚尔问。

山鲁佐德笑而不答。

第三百六十五夜

阿里巴巴和四十大盗的故事

“姐姐，继续讲上次那个故事吧。”

“当然。”山鲁佐德讲完那个故事后便停下。黑暗的屋里一片寂静，就连婴儿都没有一点儿声音。婴儿是整一个月前降生的，长得酷似父亲。山鲁佐德用手指沿着婴儿脸的轮廓抚摸一圈，然后数手指和脚趾。她在婴儿的头顶轻轻亲一下。屋内的宁静像一阵微风吹过窗帘。“姐姐，你不开始讲一个新故事吗？”迪纳尔扎德是多么忠诚啊。感恩的心情让山鲁佐德感觉胸口热热的。她看向国王的脸。屋里太黑看不清他的表情，但月亮在他眼中闪着微光。“你知道吗？陛下，一年前的今天晚上，我开始给你讲第一个故事。”“我一整天没想别的就想这件事，”沙赫亚尔说，“你的故事让我着迷。我明白是为什么。”“因为故事能逗你大笑？”“笑，哭，吃惊。但最让我集中精力的是故事里面的正义纠缠。它们暴露出人是多么愚蠢和不幸。”“倒霉的人吃牛百叶都能吃出骨头。”“完全对！”沙赫亚尔捧起山鲁佐德的脸颊，“你抓住的是关键。牛百叶里本来没有骨头。那个说在牛百叶里吃出骨头的人，没人相信他，但你却相信。你是怎样做到的？”“我跟随眼前的光明。我为有新的光亮到来而祈祷。”沙赫亚尔叹一口气。“你父亲，我的宰相，应当指定你为他的继承人。这样，在他去世时，你就可以接替他成为我的皇家宰相。”山鲁佐德突然不能喘气。“什么？怎么回事，夫人？”“我父亲数年后才会死，但我却可能在任何一个早晨死去。”沙赫亚尔下颌的肌肉震颤一下。他胸口疼痛。在一

前页
四十大盗的山洞里堆满各种珍宝：地毯、宝箱、灯、瓶、成捆丝绸。这些珍宝都摊在闪闪发光的金币堆上。

个短暂时刻，他忘记自己要杀死所有妻子的誓言。一个和丈夫长期相处的妻子是一个很有力量的存在。她可能给丈夫带来扎心的羞辱，也可能送给丈夫一个胖乎乎、热乎乎、湿乎乎、在怀里蠕动的儿子。这样的妻子，唉，也可能让他心碎。一个给他讲故事，让他明事理，从全新角度看生活的妻子，这样的妻子可能占有这颗心。沙赫亚尔将身体后撤，将胳膊交叉在胸前。“你要开始讲一个新故事吗？”“是的。但这个故事不能算今晚的故事。今晚的故事我已经讲完。这个故事是额外的，特殊的。”“周年纪念？”“纪念你想到今晚和之前的白天。如果你儿子在我讲到中间时哭闹，你去照看他。这次，我一旦开始讲，你就不会想让我停下来。”

从前，在波斯的一个镇上住着兄弟二人，卡西姆和阿里巴巴。他们在贫穷中长大，但卡西姆娶的是一个富有的女人，而阿里巴巴娶的女人却像沙子一样穷。卡西姆拥有一家商店和其他房地产，而阿里巴巴靠伐木维持生计。

有一天，阿里巴巴正在伐木，远处刮起一阵风沙。为小心起见，他赶紧爬上一棵树躲起来。

许多人骑马奔来。他们把马拴好，让马从挂在脖子上的麻袋里吃大麦。他们把装得满满的布袋扛在肩上。阿里巴巴马上猜到这些人是强盗。

其中一个强盗对着山边的一块巨石说：“开门，芝麻。”巨石向一边移动，就像一扇门。那些人进去后，门又关闭上。但是，他们有可能在任何时间回来。阿里巴巴藏在树上数他们的马。有四十匹。

门又打开，四十个强盗走出来。他们的头领说：“关门，芝麻。”山边的门应声关上。众强盗骑上马离开。

阿里巴巴向巨石走去。“开门，芝麻。”门果然应声打开。他走进去。阳光从洞顶的一个窟窿照进来。洞底放着成捆的丝绸、地毯和各种古怪的食物，在阳光照射下，闪闪发光。还有堆成山的金币。

阿里巴巴拿起两袋金币，放在驴背上。他用树枝把钱袋盖好。他说：“关门，芝麻。”门应声关闭。

阿里巴巴赶着驴回家。他把钱袋卸在地上，围在妻子身边。

妻子听到金币的碰撞声，摇摇头，说：“丈夫，你怎么如此邪恶，竟然偷……？”“如果你从强盗那里偷，这样的偷不算偷。”阿里巴巴把一切讲给她听。

他们决定把钱埋在地下，直到他们确定强盗已经离开。但埋之前，他们希望知道有多少钱。于是，阿里巴巴的妻子到卡西姆家去借一杆称粮食的秤。

卡西姆的妻子产生了强烈的好奇心。弟媳有什么粮食需要用秤来称？好奇心驱使她在秤下面抹上一层蜡。撒出来的粮食便会粘在秤下面。

阿里巴巴和妻子称完金币后，把金币埋在地下。妻子将秤还给卡西姆的妻子。

卡西姆的妻子发现一枚金币粘在秤下面。卡西姆回家时，她把金币拿给他看。

嫉妒心让卡西姆的胆汁涌上喉咙。他来到阿里巴巴家。“兄弟，你为什么要装穷，装得生活惨兮兮的，而其实你有那么多金币？”

阿里巴巴双手一摊，做出吃惊状。“你说什么呢？”

卡西姆给他看粘在秤下的金币。

阿里巴巴被逼无奈只好承认。他把强盗的巢穴告诉哥哥。“你如果替我保守秘密，我会分给你一份。”

“我当然应该得到一份。但是，你先告诉我，这个山洞在哪里？你怎样进去的？都告诉我，否则我就到当局告发你。”

阿里巴巴把一切都讲给哥哥听，因为他觉得这么多金币大家应该分享。大家都高兴。为什么不分享呢？

卡西姆的掌心发痒。他必须咬紧牙关才不至于高声喊叫。能满足手痒欲望的只有那些金币，成堆的金币。卡西姆毕竟是一位重要人物。他应该得到钱。他在十匹骡子的背上装上十个箱子，出发往山洞去。

“开门，芝麻！”卡西姆进入山洞。“关门，芝麻！”卡西姆一边肩膀扛上一袋金币，另一边肩膀扛上另一袋金币，卡西姆向门口跑去。他要装满一些箱子，然后再回来。

但是卡西姆忘记了开门的咒语。“开门，大麦。”他说，“开门，小麦。开门，大米。开门，小米。”

卡西姆捋捋胡子。“开门，鹰嘴豆。开门，小扁豆。”卡西姆来回踱步。

多功能的小麦

一位农民将最近收获的小麦装满麻袋。

许多谷物在中东各国生长。它们可以制成多种食物，有各种用途，具有不同口味。例如，如果在种子仍然柔软且黄色（未成熟）时收获小麦，可以将它们晒干，然后放在火上，直到将外壳烧掉，留下种子。将烤好的种子揉搓，然后煮熟。这是翡麦。相反，如果待种子成熟时收获，可以把它们压碎，得到所谓的碎小麦。或者可以将它们煮沸，然后晒干。或者可以将它们晒干并去除麸皮（外壳）以获得精制小麦，然后研磨制成糕点。

他绕着圈跑。“开门，开心果。开门，杏仁。”他把手伸进头发里，用力撕扯头皮。

门外传来马蹄的声响。卡西姆在山洞里无处藏身。汗水刺痛他的眼睛。他站在门里，一动不动。

“开门，芝麻。”传来强盗首领的声音。

芝麻，当然是芝麻。门开后，卡西姆直冲出去。

强盗立刻将他杀死。但是这个人是怎样进来的？洞顶的窟窿没有绳子吊下来。他一定是知道开门的咒语。假如他的朋友也知道怎样开门呢？

他们把卡西姆的尸体大卸八块，摆在石门里面，用来恐吓他的朋友。然后，他们又骑上马去抢劫。

卡西姆没能回家吃晚饭，他的妻子惊慌地跑去找阿里巴巴。“卡西姆自己去树林了。你能猜出他去干什么。他到现在还没回来。”

“或许他要等到午夜才回来，为的是不让别人看见。”阿里巴巴说。

卡西姆的妻子觉得这个解释有道理，便回了家。

但是恐惧重重地压在阿里巴巴的心头。他赶忙牵上三头驴来到山洞。“开门，芝麻。”唉，可怜的卡西姆！阿里巴巴把哥哥的尸体碎块归拢到一起，为他做临终仪式。然后，他把碎块装进两个麻袋，放在一头驴的背上，用树枝盖好。他又给另外两头驴各装上两袋金币，牵着三头驴回了家。

此时，天已放亮。阿里巴巴牵上第三头驴向嫂子家走去。聪明的女仆玛嘉娜开门迎接。阿里巴巴把这个伤心的故事全部讲给玛嘉娜和哥哥的遗孀听。他主动表示愿意将嫂子接回家按惯例做他的第二位妻子。

他们一起制订计划保护自己，迷惑四十个强盗。哥哥的遗孀去药店买一种猛药。药剂师问给谁买的药，她答：“我亲爱的卡西姆病得不轻。”第二天早晨，女仆玛嘉娜又去同一家药店，买一种更厉害的药。“可怜的主人。”她抬高声音让药剂师听到。而在这两天中，阿里巴巴和妻子匆匆忙忙在两家跑来跑去，好像是去探望生病的卡西姆。第二天夜里，他们设起灵堂。邻居听到哭声也感到悲伤。卡西姆死了。

第三天早晨，玛嘉娜去一家开门最早的鞋店。店主叫巴巴·穆斯塔法。玛嘉娜给他一枚金币，让他跟随她来到一个约定的地点。在那里，她给他蒙上双眼，带他去完成一项工作。这项工作他不得泄露给其他人。她又往他手里塞上另一枚金币。

对页

阿里巴巴把哥哥的碎尸装在一头驴的背上，把金币装在另外两头驴的背上。然后，玛嘉娜给鞋匠戴上眼罩，领着他回到家中，让他把碎尸缝在一起。

巴巴·穆斯塔法进入房间后，玛嘉娜给他摘下眼罩，让他将卡西姆的尸体碎块缝在一起。她给他第三枚金币。工作完成后，她又给他戴上眼罩，带他回到原地才给他摘下眼罩。

玛嘉娜回家后清洗卡西姆的身体。阿里巴巴点上香遮盖尸体腐烂的恶臭。他把尸体用裹尸布包好并举行传统的仪式。木匠送来棺材。为不让他看见尸体，玛嘉娜在门口付了钱给他。她和阿里巴巴一起将尸体放入棺材，将棺材盖钉死。邻居抬起棺材走向墓地。玛嘉娜随行，沿路号啕大哭，捶胸顿足，撕扯头发，扮演一个奴仆应扮演的角色。卡西姆的遗孀留在家里，和邻居的女眷一起哭泣，扮演一个失去丈夫的妻子应扮演的角色。

几天以后，阿里巴巴把家搬到前嫂子家。这个家比他原先的家好得多。嫂子变成他的第二位妻子。这一切看上去都很正常。即使有人要在城里找一个死得蹊跷的人，他也不会怀疑卡西姆的死亡。

当然，有人在观察。山洞里的尸体不翼而飞。四十个强盗点数装满金币的麻袋，发现少了。他们被盗啦。

他们决定派一名探子到镇上打听有没有人谈论一个被大卸八块的死人。这个死人是金币窃贼的线索。必须找到此人将他处死。但是，如果探子从镇上带回的信息不能帮助他们找到罪犯，这个探子将被处死。

他们当中有一人自告奋勇。他在黎明时分来到镇上。这么早开门的店铺只有鞋匠巴巴·穆斯塔法。强盗探子很吃惊。“你这么大年纪还在缝鞋。眼睛还能看清吗？”

“我的眼睛好着呢。”巴巴·穆斯塔法说，“最近，在一个窗户密封起来的屋里，我把一个死人缝起来。我在暗处也能把活儿做好。”

探子立刻警觉起来。“什么？你是说你把尸体缝进裹尸布吗？”

“不是。我是把尸体缝在一起。”但此时，巴巴·穆斯塔法记起要保密的约定，“我只能告诉你这些。”

探子往巴巴·穆斯塔法手里塞上一枚金币。“我只想知道你干活的那家房子在哪里。”

“我去的后半程蒙着眼。”

“带我到他们给你蒙上眼的地方。到那里以后，我把你的眼蒙住，凭着脚的记忆，你能找到。”

他又在巴巴·穆斯塔法的手里塞上一枚金币。

他们走到那个固定地点。探子给鞋匠蒙上双眼。巴巴·穆斯塔法开始摸索着走。不可思议的是，他的脚真能记住。“就是这里。”

探子给巴巴·穆斯塔法拿下眼罩。“谁住在这里？”但是巴巴·穆斯塔法不知道。探子在门上做上一个白粉笔记号，快速赶回山洞。

玛嘉娜出门，看到白粉笔记号，立刻感觉不怀好意。她在邻居家门上也做了同样的记号。

探子回去后，将发现的情况讲给同伴听。他带着强盗头领来到鞋匠领他去的街上，找到有白粉笔记号的门前。头领指着隔壁门上相同的记号问：“你确定不是另一座房子吗？”探子此时也困惑不已。

他们回到山洞。探子按事先约定被处死。

第二个强盗又自告奋勇去当探子。他来到镇上，付钱给巴巴·穆斯塔法，让他领到金币窃贼的家。他也在门上做上记号。这次，他用红粉笔，而且将记号画在不显眼的地方。玛嘉娜又看到红记号，便在邻居家门上做上同样的红记号。当强盗头领和第二个探子一起回来，他又不能确定哪个是窃贼的家。第二个探子也因此丢掉了性命。

四十个强盗现在已经减少到三十八个。不能再这样继续下去。强盗头领决定亲自去侦察。他付钱给巴巴·穆斯塔法，让他带路去罪犯的家。他仔细数过门口花丛里有多少朵玫瑰，摸到窗户下面第三块砖头上的缺口，注意到门楣上方马赛克里绿松石的色调。

头领回到山洞后，命令其余三十七个强盗到周边的镇上买来十九头骡子和三十八个皮油篓。其中一个皮油篓要装满油，其余的油篓要空的。强盗们回来后，他给每人一把刀，让他们藏身于空油篓中。他在每头骡子的背上绑上两个油篓，牵着骡子队进城，来到阿里巴巴家门口。阿里巴巴正站在门口，吃完晚饭出来呼吸点儿新鲜空气。

“好心的朋友，我刚从远方来，”强盗头领说，“准备明天一早到市场上卖油。今天已经太晚，找不到公舍过夜。请问我能在这里歇脚到明天吗？”

阿里巴巴以前听到过头领的声音，但只是“开门，芝麻”和“关门，芝麻”这两句话。他见过头领的面孔，但只是从远处见过。他没有认出他是强盗头领。他把强盗作为商人请进家门。他们一起吃饭，海阔天空地聊天。

聪明的玛嘉娜猜测藏在三十七个皮油篓里的坏人要加害主人。她便往油桶里倒入热油，把藏在里面的坏人全部烫死。

最后，阿里巴巴让玛嘉娜为明天早饭炖肉，好好款待油商。安排完后，他回屋睡觉。

强盗头领来到院落，把三十八个油篓排成一排。他把第一个藏人的油篓盖打开，放进新鲜空气。他小声交代：“听到石块敲打油篓时，用刀割开油篓出来。我在这里等候。”对其他藏人的油篓，他也如此嘱咐一番。然后，他回到厨房。玛嘉娜带他到客房。他躺在床上，没脱衣服，做好准备。

玛嘉娜回到厨房，切肉、炖肉。但油灯熄灭，储藏室里也没有油。大事不好，仆人阿卜杜拉对她的窘境嗤之以鼻。不过，她可以用商人油篓里的油来装满油灯啊。玛嘉娜举着灯来到院子里。当她踩在鹅卵石上发出嘎吱作响的声音时，一个声音从离她最近的油篓里传来：“时间到了吗？”

玛嘉娜呆住。不管里面是魔鬼还是人，都不是好事。她回答说：“还没有。”她经过的每个篓子都问同样的问题。她也给出同样的答复。直到最后一个篓子，这次没有声音。她打开油篓，把灯装满，然后匆匆回到厨房。她又端着一口大锅回到最后一个油篓，装满油。她把锅放在壁炉里，直到滚烫的油开始冒泡。玛嘉娜善良，但她不会对自己要干的事有丝毫犹豫。她必须保护这个家。

她往发出声音的油篓里倒入滚开的油。不管里面藏的是魔鬼还是人都要被噤声。然后，她把油灯吹灭，在厨房静候。

不久，头领从床上起来，打开窗户往油篓扔石子。没人从油篓里钻出来。他的喉头缩紧，又扔出更多石子。还是没有动静。头领此时紧张得无法下咽口水。他悄悄溜下楼来到第一个油篓。热油的味道直冲鼻孔。他从一个油篓冲到另一个油篓。他手下的人全都丧命。他翻过院墙逃得无影无踪。

玛嘉娜回屋睡觉。

第二天早晨，阿里巴巴上完厕所后，玛嘉娜告诉他昨晚发生的事情。阿里巴巴检查全部油篓，发现三十七具死尸，死尸手上都握着尖刀。“但是油商在哪里？”

玛嘉娜不但比阿里巴巴更聪明，而且待人处事也恰到好处：她没有说阿里巴巴是傻瓜。“那人可不是油商。”然后，她告诉阿里巴巴门上先后出现的白粉笔记号和红粉笔记号。强盗一直在跟踪他。

阿里巴巴和仆人阿卜杜拉一起将死尸秘密掩埋。阿里巴巴将油篓和尖刀藏起来，派阿卜杜拉把骡子一次一头拉到集市上卖掉。

强盗头领回到山洞，发誓要报仇。早晨，他来到镇上找地方住下。他从山洞运来成捆的丝绸、锦缎和亚麻布，存在住处。他开店，假装成商人。店对面是卡西姆的老店。这家店现在由阿里巴巴的儿子经营。儿子善于交际，很快就结识了新布商。

布商得知，阿里巴巴是他新朋友的父亲，于是请朋友吃晚饭，并送给他木雕盒和羽毛笔作为礼物。没过多久，阿里巴巴的儿子心生感激，但他很穷，不知如何报答布商的盛情，便向父亲征求意见。

阿里巴巴让儿子约布商一起走过阿里巴巴家。他会邀请他们一起进餐。

下周五，当阿里巴巴的儿子和布商经过阿里巴巴的家门时，儿子说：“这是我父亲的家。他想见你。”他敲敲门。

布商激动得皮肤发痒。他终于有机会杀死此人。

这是阿里巴巴第三次遇到强盗头领，但他还是没能认出来。或许他的眼睛不太好。“亲爱的客人，留下来吃晚饭吧。”

布商说："很抱歉，我不吃盐。"

"我们的面包里没放盐。我让厨师做不放盐的肉汤和炖肉。"阿里巴巴走进厨房，告诉玛嘉娜客人不吃盐。

玛嘉娜很不情愿，但她还是去准备第二道无盐的肉汤。煮汤的时候，她先端上肉。按照惯例，三个人坐在地板上的垫子上，围着中间的绣花布。刹那间，玛嘉娜认出那位布商就是上次冒充油商的强盗头领。她从布商侧面摆上盘子时，辨认出在他披风的褶皱下匕首的形状。她心里明白。任何善良的波斯人都会与朋友分享盐，因为盐可以驱邪。可这个人，却像骄纵惯的宠儿，带着邪恶的灵魂。

饭后阿卜杜拉洗碗时，玛嘉娜在阿里巴巴身边摆上一张桌子，上面放上三个杯子和一壶酒。"阿卜杜拉和我现在要吃饭，短时间内不会来伺候你们。"她清楚地说。

布商意识到这是他的机会：他只要把阿里巴巴和儿子灌醉，就可以刺杀他们，然后越过围墙逃走。

但玛嘉娜早想好对策。她穿上一条袖子蓬松的飘逸长裙，头饰聚焦在额头正中的星星。她一身金色，英姿飒爽，因为金色是英雄的颜色，她也强烈希望自己能成为今晚的女英雄。她腰间系着一条镀金腰带，腰带上挂着一把匕首，匕首插在镶有宝石的刀鞘中。一层薄薄的面纱遮住眼睛下方一直到喉咙。她把手鼓递给阿卜杜拉，让他跟随她。他们走进餐厅，玛嘉娜在阿卜杜拉手鼓的伴奏下翩翩起舞。她踏着碎步滑过地板，然后直立做出婀娜的舞姿，双手舞动做出各种奇妙的手势，给人一种浪漫和冒险的感觉。

玛嘉娜此时将匕首从刀鞘中拔出来。她挥舞匕首起舞，像羚羊一样跳跃。最后，她从阿卜杜拉手中接过手鼓，伸向阿里巴巴，另一只手握着匕首。这是专业舞者索要报酬的方式。阿里巴巴惊讶地笑起来，但他把一枚硬币扔进手鼓。玛嘉娜把手鼓递向阿里巴巴的儿子。儿子也扔进一枚硬币。好，一切顺利。玛嘉娜咬紧牙关，掩盖内心的害怕和紧张。她将手鼓伸向强盗头领，然后将匕首刺入他的心脏。

"可怕的玛嘉娜！"阿里巴巴和儿子同声喊道，"你毁了我们！"

"不是，是我救了你们。仔细看看敌人的脸吧。"

阿里巴巴现在才明白，这一切都是真的。玛嘉娜再次救了他的性

跳舞的手

印度女孩在跳传统跳舞，用她的手讲故事。

波斯中世纪舞者使用特定的手形，就像印度（当时称为印度斯坦）的舞者一样。在印度，这些手形被称为手印，许多手势都有明确的含义。通过这种方式，手印可以讲述故事，包括事件的细节和情感。但学者认为波斯的手形与特定含义没有如此精确的联系。相反，它们只为舞蹈的整体基调和感觉增色。

命。“我会把你嫁给我儿子，你有资格做我的儿媳。”

阿里巴巴的儿子感到一股温暖的快意流遍全身。玛嘉娜聪明、优雅、诚实。男人还想要什么？

他们秘密地埋掉头领。第二天阿里巴巴的儿子和玛嘉娜成亲。一年后，阿里巴巴重回山洞，拿回一袋金币，并将财富的秘密告诉儿子。儿子后来分享给孙子，孙子又分享给他的儿子，就这样一代一代传下去。

山鲁佐德一直讲到天已大亮。她现在正在哺乳孩子。

“取之不尽的财富，”沙赫亚尔说，“不过，现实生活并非如此。”“现实生活中也可能发生，”山鲁佐德说，“秘诀在于认清你拥有的财富并保护它，而且要有克制。只有这样财富才会永不枯竭。”

“那个笨手笨脚的阿里巴巴是怎么学会克制的？”沙赫亚尔问道。

“你不觉得玛嘉娜在其中扮演一个角色吗？她嫁给儿子，所以这些人就是她的家人，她要保护自己的后代。”

沙赫亚尔把手放在儿子头上，若有所思地打量着眼前的女人。希望她的故事能向他透露所有的秘密。

他吻她，有节制地。

第三百六十六夜

乌木马的故事

“姐姐，婴儿终于安静下来啦，”迪纳尔扎德说，“你讲一个新故事吧，求你！”

“我小声讲，”山鲁佐德轻声说道，“仔细听哦。这是一个新故事，作为婚后新的一年的开始。”沙赫亚尔凑近她。

从前，波斯国王有三个美丽的女儿和一个聪明的儿子。男人都想娶他的女儿。女人都想嫁给他的儿子。有一天，三位智者来到国王面前，奉上礼物，要迎娶国王的三个女儿。

第一位智者献上一只金孔雀。它每隔一小时便扇动翅膀尖声鸣叫。国王试试孔雀。果然如智者所说。于是国王把一个女儿许配给了他。

第二位智者献上一个喇叭。如果放在城门上，当敌人接近时它会发出警告。国王试试喇叭。它也完全如智者所说。于是国王也嫁给他一个女儿。

第三位智者有一匹象牙和乌木制成的马。它可以带你去任何你想去的地方。这位智者长得难看，头发脏兮兮的，指甲缝里塞着泥，胡须里沾着食物。这时，国王的儿子上前要求测试乌木马。他骑上马，马却一动不动。智者教他操作一个旋钮，便可以让马升到空中。王子试着转动旋钮。马果然腾空而起。

一开始，王子兴高采烈。爬升一会儿后，他才发现自己不知道如何控制这匹马。他从来没有问过智者。他四处寻找其他按钮。他发现马的肩膀上有两个突起的旋钮。扭动右边的旋钮，马往上飞。当他扭动左边的旋钮时，马就往下飞。哈！王子扭

前页

三位智者献上礼物，要和公主联姻。一位献上一只能计时的孔雀。一位献上一把能报警的喇叭。一位献上一匹会飞的马。

动左边的旋钮，马慢慢地降下来。因为他一开始就爬升得太高，过去很长时间才能看到地面。但现在他可以看到下面是一片郁郁葱葱的绿色原野，有河流环绕。中间是一座城，城中央是一座宫殿。夜幕降临，王子将乌木马停在宫殿屋顶上。屋顶恰好是平的，为他提供方便。

王子将乌木马留在屋顶，沿着外层楼梯走下去。他发现自己身处一个大理石铺地的庭院里。他一整天都没有吃东西，但他没有看到任何人醒着。他没有什么其他办法，只好决定饿着肚子回到屋顶睡觉。

就在他正要爬回楼顶时，一道亮光向他逼近，后面跟着声音。是一群年轻女子，由一个持剑的侍卫陪同。在她们中间走着一个散发着甜美气息的女孩。王子目瞪口呆。一首诗进入他的脑海：

暮色的礼物能托起心情，
明亮的月光下，纯粹的享受将到。

姑娘们停在庭院中间，摊开一块布坐下，点上香，荡来荡去。她们边说边玩，王子仍然在暗处注视着。然后他突然冲上去，击倒守卫，夺过他的宝剑。

黎明在山鲁佐德怀抱里的宝贝的脸颊上抹上红晕。她安静下来，在儿子头上吻吻，吻的是她最喜欢的柔软部位。“你有诀窍，总是在我心悬得最高的时刻停下来。”沙赫亚尔不耐烦地说。山鲁佐德露出微笑。

他不知道那是关键吗？她吻吻自己的手指，然后把手指放到沙赫亚尔的唇边，在他回应之前，年轻的母亲已经睡去。

第三百六十七夜

乌木马的故事续篇（一）

“让我来抱着婴儿，”迪纳尔扎德说，“把婴儿递给我，好吗？”

“我抱着他也能讲。”山鲁佐德说。

“我知道你能。”迪纳尔扎德说，“把婴儿给我，让我高兴，好吗？”

“啊，这就是另一回事了。当然，”山鲁佐德将婴儿交到妹妹的怀抱，“我讲到哪里啦？哦，我想起来啦……”

侍卫倒在王子脚下时，女孩们一哄而散，只有一位站在原地，和王子对视。“你是我的求婚者，对吗？只有遭拒绝的求婚者才会表现得如此差劲。国王告诉我你今天的表现很差，但我看你很勇武。”说完，她用双臂搂住王子的脖颈，在他脸颊上印上一个吻。“我当然愿意和你结婚。”

“不，”一年轻女子说，“他不是你父亲打发走的那位求婚者。”

但公主不去理睬她们的异议。她把王子邀到帘子后面和他私下交谈。

公主的侍女将倒地的侍卫唤醒。侍卫掀起帘子问道：“你是人还是魔鬼？”

“你竟敢侮辱我。”王子舞起剑说道，“国王将女儿许配给我，今晚派我到这里的。”

侍卫退后。然后高声喊叫着跑去报告国王：魔鬼将公主掠走啦。

国王赶到庭院，拔出宝剑。他止住脚步，因为看到一位年轻人，手里也握着宝剑，而且看上去身强力壮。他看上去像人，干干净净、衣着得体。国王将宝剑插回剑鞘。“哪里来的无赖，竟敢冒充是我的女婿？你是萨那国王吗？”

“我是波斯王子。你以为你能找到比我更好、和你女儿更般配的人吗？”

国王上下打量年轻人后说道：“不能，但是你必须公开求婚。否则，皇家会受到羞辱。”

飞翔的欲望

这座位于巴格达的雕像是为纪念阿巴斯·伊本·菲尔纳斯的飞行尝试。

阿巴斯·伊本·菲尔纳斯生活在8世纪的西班牙，是一位阿拉伯语诗人。他也是医生、音乐家和发明家。据说，他给自己造了一对翅膀，身上盖满羽毛，从高处一跃而下，飞了好一段距离才坠落。飞行器不仅出现在中世纪的伊斯兰故事中，比如乌木马的故事，也出现在法语和英语故事中。所以也许这些故事反映了当时发明家的尝试。

对页

波斯王子与公主度过一夜。第二天为证明他有资格成为公主的丈夫，他要与国王的军队对决，而他却骑上乌木马飞走。

“我有一个好主意。你让我今晚待在这里。明天，你带士兵来和我一决。如果他们杀死我，不会有人知道我曾和公主在一起，你的名誉也会得到保护。如果我杀死他们，我将赢得女婿的名分。”

王子的建议没有可取之处。但国王却接受了。天亮时，他叫来部队，告诉王子骑上马，准备战斗。王子说，他要先看见国王的军队。不久，许多士兵骑着马赶来。“天哪，”王子说，“我步行，他们骑马，这不公平。”

“你说什么？我告诉你骑上马。”

“我只骑我自己的马。我的马在宫殿的房顶。”

国王挠挠头皮。这个王子有头脑糊涂的迹象。但国王还是派一位信使去给王子取马。一位军官与信使同去。他们二人看到那匹乌木机械马时，忍不住大笑起来。他们把马抬到庭院。

“你很快就要见证我的马有多么神奇，”王子说，“告诉你的士兵往后退，退到一箭之遥。之后，我就要向他们冲锋。”

国王感觉自己是在迁就一个疯子。他命令士兵往后退。

王子骑上乌木马。他转动旋钮。马升到空中，载着王子飞走。

山鲁佐德拍拍床沿，让迪纳尔扎德将婴儿从床下递给她。第一缕阳光在婴儿头上的绒毛上起舞。山鲁佐德闻着儿子的奶香深吸一口气，筋疲力尽地倒在枕头上。

“可怜的公主，”迪纳尔扎德说，“王子抛弃了她。”

“如果她有机会，她会抛弃他的。”沙赫亚尔说。

“姐姐，是真的吗？公主是这样的女孩吗？”

但山鲁佐德已经听够。她假装睡着。

她不必假装太久。

第三百六十八夜

乌木马的故事续篇（二）

“姐姐？”迪纳尔扎德说。山鲁佐德将熟睡的婴儿递给在床下等待的妹妹。

国王告诉女儿她的王子已经骑着机械马飞走了。公主匍匐在地，痛哭不已。她发誓不吃不喝，直到与王子团聚为止。

此时，王子飞在云端，直到看见父亲的宫殿在下面才将马降落在那里。父亲眼含热泪和他拥抱。“送来这匹乌木马的智者现状如何，父亲？”

“在监狱里，他只配蹲在监狱里。那个混蛋，他让我几乎再也见不到你。”

“把他放出来。这是一匹神奇的马，它给过我一段神奇的经历。我恋爱啦。”

于是，智者被放出监狱。但国王拒绝将女儿许配给他。再怎么样说，一个牙齿歪歪扭扭、胡子里粘着食物、指甲缝里塞着泥的男人根本不配娶他可爱的女儿。智者对如此不公正非常气愤，但国王坚持不肯。此外，他告诉儿子以后不要再骑那匹马。但是王子非常想念公主。那么，他会干什么？他骑上乌木马，腾空而去。国王痛苦地呻吟，并且发誓，儿子回来后，他一定要销毁乌木马。

王子到萨那的皇宫里四处寻找公主。找到后，他带她来到屋顶。他骑上乌木马，让公主坐在他身后。他们腾空而起。

国王看到他们，大声喊道：“发发善心吧！不要偷走我们

前页

飞马的发明者发现公主和马一起在花园里等候王子。他骗公主和他骑上马，计划劫走她，一去不复返。

的女儿。”

就连王子这样自私的人，也被国王的悲怆感动。“公主，”他说，“你想回到你父母身边吗？”

“我的生命与你同在，我的爱人。”

于是，他对国王和王后的短暂怜悯消失了。王子飞回家，降落在一个花园里。他对公主说：“在我回来之前，和马一起待在这里。我要为你准备一座宫殿。”

王子走后，那个造出乌木马的智者漫步到花园里采集治病的草药。他对国王满腔怒火。当他看到乌木马和公主在一起时，他立刻明白：这是他的乌木马，这就是王子所爱的公主。他吻过公主脚下的土地，说：“最亲爱的公主，王子让我来接你。”

“王子怎么会派你这样一个丑得像癞蛤蟆的人来接我？”公主问。公主这样直截了当地问，因为她是一个直率的人。她也无法将目光从那条正在吞噬智者胡须中的石榴籽的毛毛虫身上移开。

“这样你就不会爱上我。王子是一个嫉妒的人。”

公主大笑，颇为受用。她爬上乌木马，坐在智者身后。他们升到空中，飞过城市，飞过乡村，飞到很远的地方。“你在干什么？”公主惊恐地叫道，“飞得太远。”

智者继续向前飞，直到看到下面的草地、溪流和树木，他才降落下来。“傻公主，这是我的乌木马。”他狰狞地冷笑，“马是我造的。我喜欢它。你可怜的王子和他父亲合谋偷走它，让我永远悲伤。但是，事与愿违。你看，现在，我拥有乌木马。”他躺在草地上，“我拥有你。永远。”

黎明时分，山鲁佐德安静下来。“邪恶的人。”迪纳尔扎德把外甥放在山鲁佐德身边的床上。“他不聪明。请不要再称他为‘智者’。我想掐他。你应该让他得到一个可怕的下场。”“嘘，”沙赫亚尔说，“山鲁佐德已经睡着。要有耐心。明天我们会发现更多。她需要睡觉。”

山鲁佐德闭着眼睛露出笑容。

波斯花园

位于伊朗设拉子的纳伦吉斯坦花园。

这个故事里充满草地、溪流、树木和花园。这可能会让你感到惊讶，因为阿拉伯故事主要起源于沙漠气候。然而，即使在古代，波斯也有花园。到7世纪，波斯已经建立起一个地下管道网络，将水输送到需要的地方。8世纪，波斯人发明了水车，通常由牛或鸵鸟驱动。英语里的“天堂”一词就是来自古老的伊朗语言阿维斯陀语中的“（有围墙的）花园”一词。

乌木马的故事续篇（三）

婴儿今晚很闹。山鲁佐德唱歌给他听，花很长时间哄他。她的手指顺着他的耳郭滑过，让他平静下来。婴儿不再蠕动，发出轻轻的哼声。她的这个宝贝真是个可爱又有趣的小家伙。希望她能看到他年复一年地成长。

这个念头就像一把利剑，将她劈成两半。

她把他抱得更紧。他开始打瞌睡。婴儿一旦安静下来，山鲁佐德就感受到空气中的兴奋。妹妹在床底下窸窸窣窣。月光从丈夫清澈的眸子里闪过。

他们在等待，而且不是耐心等待。这样好，这样很好。

公主听到智者的恶毒语言，不禁尖叫起来。这片土地名字叫罗姆。罗姆的国王碰巧正在附近打猎。他和仆人听到公主的叫声，跑过来抓住智者。我现在称他为“无智者”。

国王和蔼可亲地问公主，这位老人是她什么人。

无智者说：“她是我的表妹和我的妻子！”

公主尖叫道：“撒谎！我不认识他。他骗了我。”

罗姆国王将无智者投入监狱，并将公主和乌木马带回宫殿。

此时，为公主准备宫殿的王子又回来找她。空荡荡的花园让他浑身冰冷。虽然他不是最诚实的人，也不是最虔诚的人，但他在公主和马身上得到快乐。这一损失对他打击太大。

王子开始寻找，逢人便问是否见过他那神奇的公主和他那最黑的飞马。他日夜寻找，从一个地方跑到另一个地方，喃喃自语。他走得越来越远，也显得越来越蓬头垢面。听到他的问题，看到他的样子，人们都大笑。“真是个疯子！”

王子来到公主的家乡，希望她已经回到那里。但是全城的人都在哭泣，为失去公主而哀悼。当然这是王子的过错。然而，他现在又消瘦又邋遢，那里没有人能认出他。

王子最后来到罗姆，在一家客栈坐下来喝一杯。无意中他听到客商在谈论他们刚刚听到的一个惊人的故事：一个恶人偷走一个女孩，骑着乌木马飞走，但是她已经获救。王子盘问他们，得知公主被带去的宫殿的位置。他把自己清理干净，来到宫殿。此时已是夜幕降临，守卫不肯开门。他们在监狱外与他坐在一起，和他分享晚饭。监狱内传来尖锐的哀号声，让王子几乎无法和守卫交谈。

当守卫得知眼前这位旅行者来自波斯时，他们谈起关在监狱里可怜的波斯巫师，他偷走一位美丽的公主并将她带到这里。国王爱上了这个女孩，但她已疯。她大谈在空中飞行，撕扯衣服和头发，整天呻吟哭泣。国王找不到任何人能治愈她，已经绝望。那个愚蠢的犯人还胆敢一直号啕大哭，声称这不是他的错，没有人是公平的，他不是巫师，只是一个发明家，声音大得让守卫睡不着觉。

王子也没睡。一个计划在他脑海中形成，他迫不及待地要付诸实施。

山鲁佐德看到窗台上白瓷花盆里花上的露珠。她沉默着。

沙赫亚尔对她微笑，吻她，又吻婴儿。

对页

王子听到客商谈论一位公主和飞马。他前往公主被带去的地方和卫兵交谈。此时，飞马的发明者正在监狱里哭天喊地。

第三百七十夜

乌木马的故事续篇（四）

山鲁佐德用新的襁褓给儿子裹好。夜来香的浓香从窗外飘进来，与婴儿的甜奶气息混合在一起，带给她极大的满足和愉悦。山鲁佐德在枕头上躺平后继续讲故事。

早上，卫兵带着王子去谒见国王。你可能已经猜到王子的计划。他既狡猾又坚决。他说："我是波斯来的医学学者。我四处游历，寻找病人，学习新的病症，设计新的治疗方法。我手到病除，从未失手。"

罗姆国王十分高兴，向他解释一切：美丽的公主、乌木马和巫师。

王子睁大眼睛听着，仿佛要注意到所有的细节。然后他要求先看看那匹马。国王把他领到站在院子里的乌木马前。王子检查一遍。一切都完好无损；这匹马没有受到丝毫损伤。很好，这意味着它仍然可以腾飞。"请小心看护这匹马，"他对国王说，"我相信马可能有助于治愈公主。如果你允许，我现在准备去见公主。"

国王把王子带到公主的房间，让他一个人进去。听到脚步声，公主跺着脚转圈，做出跌跌撞撞的步态。这种行为标志着她已经发疯，但事实上，她的头脑完全清醒。她这样做只是为阻止国王。她害怕国王多情的关注。

王子走近她，轻声问候，要她看着他，但不要说话。她看他一眼，又看一眼，发出一声喜悦的尖叫，昏了过去。王子冲到她身边，把她的头搂在怀里。当她醒来时，他在她耳边低语：

前页

王子佯装精通医术，能治好公主的病。当她认出此人正是自己挚爱的王子时，她喜出望外，竟然晕了过去。

“别出声，亲爱的。不要泄露我们的秘密，否则我们都会被杀死。我会对国王说，我治好了你的疯病，但你没有痊愈，只是接近痊愈。我会对他说，你会遵从他的意旨。他来看你时，你要表现得很甜蜜。相信我，我会带你逃离这里。你明白吗？”

公主点头。

王子紧紧地抱着公主。她显得脆弱而渺小。他想吻她，但随时会有人进来，风险太大。“很快，”他对着她的头发喃喃道，“很快你就会安全的。与我在一起。”

王子离开公主，急忙赶去见国王。“我已经治好了那个女孩。她恢复得很好。如果你现在去拜访她，善待她，如果你解开她的枷锁，答应满足她的每一个愿望，你就会从她那里得到你想要的。”

国王走进公主的房间，停下来，等待着，不能确定下一步该做什么。公主站起身，向他走来。她亲吻他脚前的地面，面带微笑欢迎他。“终于，”国王说，“你终于好啦。来人，”他向仆人喊道，“给她解开枷锁。带她去洗澡。给她穿上最好的礼服。让她挑选她喜欢的首饰。”

当公主修饰打扮回来时，她就像被无数颗闪烁的星星围绕的最圆的月亮。国王赞叹道：“你真完美。”“你希望她保持完美，陛下，”王子说，“所以我们需要驱逐侵入公主的恶魔，我们必须将它杀死，以免它再次伤害她。请让士兵把乌木马抬到你第一次发现它的草地上。警告他们小心不要损坏它。你和公主也应该去那里。我随后就到。正如我告诉你的，这匹马将成为最终治愈公主的一部分。”

很快，他们都聚集在草地上。王子对国王说：“焚香和念咒语可以引出恶魔并俘虏它。然后我会骑上马，公主坐在我身后。马会往前走，每迈一步都会碾碎恶魔。当马到达你身边时，公主会下马，痊愈。当马前行时，你和部队必须后退，这样恶魔就不会感染你。”

于是，国王和军队退后一段距离，而王子和公主则骑上乌木马，腾空而去。国王一整天都站在那里看着空中，想知道发生了什么。当他终于意识到女孩已经永远离开时，他伤心地掉下眼泪。但他的士兵说，带走她的治疗师显然是恶魔本人，国王很幸运地在这次遭遇中没有受到伤害。

王子回家后，和公主成了亲。他的父亲因儿子回来而欣喜若狂。他拆毁乌木马，让他们再也不能飞走。王子写信给公主的父亲萨那国王，解释

对页

公主和王子一样，装得很像。她站在罗姆国王身边，仪态万方，看着王子备马，等它携二人腾飞而去。

说他们已经结婚，公主安好。最后大家都很开心。

黎明来临。山鲁佐德陷入沉默。

“可是，姐姐，”迪纳尔扎德说，“那个无智者怎么样了？”

“他在罗姆的监狱里。”

“但最终他会出来。”

“也许会吧。尽管如此，他还是孤零零一个人，没有他珍贵的乌木马，没有公主。他受的苦还不够吗？”

“我不理解公主，”沙赫亚尔说，“她为什么装疯而不是要求被送回家。”

“如果罗姆国王把她送回家，王子也不能救她。这不会是一个好故事。”

“啊，我喜欢救援。女性需要获救。”

文字的力量

印度贾玛的庭院里，男人们在坐着聊天。

在这个故事中，国王相信治愈在很大程度上是通过魔力交谈和咒语来实现的。文字的力量可以改变世界和治愈疾病，这一信仰存在于世界各地。然而，文字治疗在本质上并不包含幼稚或宗教意义。平静的谈话，例如王子对公主耳语的方式，可以治愈，而激动的谈话可能会产生负面影响。同样，鼓舞人心的谈话和支持也可以治愈。他们帮助人们从悲痛和创伤中恢复过来。

“男人也需要获救。”

沙赫亚尔皱起眉头，挑起眉毛：“你是说从魔鬼那里获救？”

“从困境中获救。”

“男人能把自己从困境中解救出来。”

“不总是能。”

国王玩弄着胡须，“不能从困境中解救自己的男人，我不喜欢这样的故事。”

山鲁佐德清楚自己面临的挑战。她咬着舌头，保持沉默。在确定自己能赢之前，她不能接受这个挑战。

罗姆国王目瞪口呆。他要迎娶的女孩骑着乌木马远去。那个治好女孩的男人也骑在马上飞走了。这是怎么一回事？

第五百三十七夜

水手辛巴德的故事

几个月来，山鲁佐德一直在讲述各种各样的故事——关于诗人、仆人、傻瓜和国王。她讲过夫妻之间、小偷和商人之间的把戏。有些有趣或愚蠢，有些神秘或神奇。但没有一个关于处于困境中需要救援的男人。这样的故事不知何故不会出现在她的脑海中。因此，她在几个月的时间里一直用动物的故事来调剂：狼、狐狸、乌鸦、蛇、骡子、鹦鹉。沙赫亚尔听着，但认为这些动物都很普通。这让山鲁佐德担心地咬着下唇。她将儿子托在左臂上，用右手在越来越圆的小腹上来回轻揉。里面的小婴儿在她推动下，似乎从一侧翻转到另一侧。她想象着他，在黑暗中，无休止地游来游去。不知你在哪里，也不知道还有谁可能潜伏在黑暗中。这是一种什么感觉呢？啊哈！“你准备好要听故事吗，丈夫？”“你知道我已经准备好了。”“我也已经准备好了。”床下的迪纳尔扎德德喊道。

很久以前，在巴格达，有一个名叫辛巴德的挑夫。他被雇来把木柴从森林里运到人家里。他把木柴放在篮子里，把篮子顶在头上，在烈日下走很长的路。走到一半时，他在一座大房子外面的长椅上停下来休息。从敞开的前门传来香芹、罗勒、龙蒿和芸香的香味。最好闻的是从发酵的大麦中流出的深棕色液体的气味。他吸一口气，差点晕过去。里面的人正在吃喝玩乐。挑夫流下口水。

鸟鸣也从那门里飘出来，有夜莺、斑鸠、鹬和画眉。挑夫

前页

穷汉挑夫辛巴德被富人水手辛巴德叫进院落，讨论穷汉唱的那首诗歌。他们都相信命运多舛。

靠在一侧往里面偷窥，但他看不见。他走到门口，里面是一片翠绿的花园。仆人们端着酒和肉，沿着花园边缘的门廊匆匆走过。挑夫在长凳上左右摇晃，唱道：

有的人富，有的人穷。
有些人聚少，有些人聚多。
但在内心，我们的灵魂都是一样的。
我一无所有；此人有名。
尽管如此，是命运做出的这些决定。
只有傻瓜才会想要修改。

挑夫转身要走，却被一个仆人拉住手说："主人要你进去。"

挑夫吓得发抖。主人一定是听到他的诗歌，感觉受到侮辱。来到主人面前时，他跪下亲吻主人面前的地面。但主人却请他坐下进餐。磨碎的羊肉里有蜂蜜、醋和许多香料。热饼、泡在牛奶中的干枣、用高良姜根调味的扁豆和萝卜，还有一整条鱼，烤鱼头，焙中段，煎鱼尾。挑夫一直吃到实在吃不下为止。

主人歪着头问他的名字和工作。

"我是挑夫辛巴德。人们付钱给我，让我用头顶着运送货物。"

"好听的名字！"主人笑着说，"我是水手辛巴德。请为我再背诵一遍你刚才唱的诗歌。"

"我当时很累，主人。我没有恶意。请不要惩罚我。"

"惩罚你？我很喜欢。请重复一遍。"

于是挑夫将诗歌重复一遍。

"非常真实，"水手辛巴德说，"命运令人捉摸不透。我可以给你讲许多故事，证明命运是多么善变。我经历过七次海上航行，每次都充满艰辛和危险。你想听我的故事吗？"

早上，山鲁佐德变得沉默。"我想听他的故事。"迪纳尔扎德说。"我也想听。"沙赫亚尔说，"这位水手富可敌国。""下一晚。"山鲁佐德低声说。她打着哈欠笑着睡去。

水手辛巴德的故事，第一次航行

山鲁佐德拍拍肚子，让故事从口中涌出。

“围过来，朋友们。听我讲我的第一次航行。”水手辛巴德说。让挑夫辛巴德吃惊的是，仆人们围拢过来。这个人管仆人叫朋友！挑夫靠得更近一些。

在我很小的时候父亲去世，给我留下一大笔遗产。我成人后，变得很贪婪；我把一切全浪费在华丽的衣着和优雅的生活上，除去一处财产之外的一切。最终，我把那处财产卖掉，用这笔钱买来交易产品，在从巴士拉出发的一艘船上找到一份工作。

啊，大海。我们从一个岛航行到另一个岛，变得越来越富有。每次船靠岸，我都会跑过登陆踏板，渴望新的冒险。

有一天，我在一个小岛上煮饭时，船长从船上大喊：“快跑！这不是一座孤岛，”他一边起锚一边喊道，“这是一条大鱼的脊背。风把沙子撒在上面，鸟儿在上面撒下种子，在鱼背上长出树来。当你点燃炉火时，鱼感到热，会马上潜入深水区。快跑！”

岛屿瞬间沉没。海浪冲过来。我们追着船游，但风把船吹走了。周围的哭喊声一个接一个地消失。我紧紧抓住从船上飘过来的一个浴缸。海浪裹挟着浴缸漂流了整整一夜，就在我觉得不能再坚持下去的时候，浴缸撞到树枝。我爬上树枝，发现自己来到一个岛上。

在岛上几天以后，我看到一匹母马拴在一棵树上。一个人从地上爬起来，握住我的手，把我拉到地下洞穴里。他给我美味的食物，告诉我他是米赫拉詹国王的马夫。每个月，马夫们都会把母马带到岸边，把母马隔开一段距离拴在树上，然后躲起来等待。

我很快就知道原因。我们待在洞穴的入口处，眼睛盯着母马。突然，一头巨大的海马从水中出现，与母马交配。它咬住缰绳，试图将母马拖下海，但缰绳坚固，海马咬不断。此时，马夫冲出去，用剑猛击海

不稳定的岛屿

伊拉克南部巴士拉附近的作为阿拉伯人的定居点的沼泽。

巴士拉位于现在伊拉克的东南部，坐落在阿拉伯河上。两条大河，即幼发拉底河和底格里斯河，在这里汇合，流入波斯湾。河两岸有沼泽地，有数十座岛屿，许多岛屿直到近代仍有人居住。一些“沼泽阿拉伯人”生活在由芦苇制成的人工岛上。它们一定很容易在暴风雨中被摧毁。也许这就是“岛屿”可能真的是一条沉睡的鱼的背部这一奇妙想法的来源。

对页

像海岛一样的大鱼下潜后，水手辛巴德搁浅在一片水域。这里盛产一种具有魔力的海马。它们能够上岸和陆地上的普通母马交配。

马。海马又逃回海里。

“母马生的马驹可以卖一个好价钱。”马夫说。

之后，马夫们聚在一起，牵走怀孕的母马。“和我们一起走吧。”他们说。我们疾驰进城，来到米赫拉詹国王的领地。国王宣布我获救是命运的安排。他让我负责港口贸易。我努力工作，让他变得更富有。但我对巴格达的思乡之情在心中滋长。

一天，一艘大船进港，我与船长交易。他告诉我：“我们要回巴士拉。我把一个溺水水手的货物卖给你，我会把钱留给他住在巴格达的家人。”

我的心跳加快。“那个人叫什么名字？”

“水手辛巴德。”

我抓住他的肩膀。“我的船长！我就是水手辛巴德！”

船长后退一步说：“恶棍！你怎么敢索取溺水者的财物。”

“但我就是我。”我列出他船舱里我的货物的清单。我给他描述搁浅之前发生的事情。听我讲述的船员欢呼起来。我卖掉我的货物，告别国王，通过巴士拉回到家。我用卖货得到的收入建起这座房子。

黎明的阳光温暖着山鲁佐德的脸颊。

“水手辛巴德需要救援。”迪纳尔扎德说。

多么好的妹妹啊，山鲁佐德想。

沙赫亚尔的目光告诉她，他也喜欢这个冒险故事。

山鲁佐德终于松了一口气。

第五百三十九夜

水手辛巴德的故事，第二次航行

山鲁佐德玩着儿子的脚趾，心里想着体内小婴儿的脚趾。“游吧，小家伙，”她想，“游吧。”

第二天，挑夫辛巴德来到水手辛巴德的家，来听他的第二次航行。

我又想出去探险，因为我年轻而愚蠢。于是我又出门搞贸易。我们航行到一个郁郁葱葱的岛屿，那里种满果树，又能听到悠扬的鸟鸣。鲜花给眼睛带来色彩，给鼻子带来芬芳。我靠在树干上打瞌睡，被微风抚摸着。

我醒来时，船不见踪影！我绝望地爬上最高的树，环顾四周：树、沙滩和无边无际的水。

但是那个白色的大东西是什么？

原来是一个光滑的圆顶，上面没有门窗。我围着它转一圈，数到五十步。一只大鸟飞过上面，翅膀能遮住太阳。我隐藏起来，脑子里想到大鹏鸟的故事。它用大象喂雏鸟。这个圆顶一定是大鹏鸟蛋。大鸟坐在蛋上打瞌睡。

我解开头巾，把它扭得像一根绳子。我将绳子的两端系在大鹏鸟的脚上，像荡秋千一样颤抖着度过一整夜。黎明时分，大鹏鸟飞起来，把我带走。当它降落时，我跑进树林。大鹏鸟的爪子钳着一条巨蟒飞走了。

我走到山顶。下面的山谷没有树木，也没有溪流。耀眼的钻石散落在地上。我捡起许多，塞在衬衫里。晚上，蛇从隐藏

前页

水手辛巴德将展开的包头巾系在硕大的大鹏鸟的脚上，让大鹏鸟带着飞走，借此逃脱。

的地方钻出来。我躲进山洞，用石头堵住洞口。但当我转过身来时，却看见一条巨蛇就在我身后，蜷缩在蛇蛋周围。我盯着它一整夜，心想这次要完蛋了。天亮时，我跌跌撞撞地冲出去。

当我穿过山谷时，一只被宰杀的羊从天而降。

我吓了一跳。想起钻石地的故事。那里非常危险，没有人敢进入。所以钻石猎人切碎死羊，从山顶往下扔羊肉。砸中钻石，钻石便嵌在羊肉中。这时老鹰俯冲下来，用爪子抓起羊肉块飞回山顶。钻石猎人冲向它们，从鹰爪下抢回嵌着钻石的羊肉。

那一定是现在正在发生的事。我从肉中摘下钻石，塞进我的衣服。此时一块肉正好落在我身上。我用头巾绳把自己绑在上面。一只老鹰把它和我带到山顶。一个人冲向老鹰，尖叫着吓唬它。我站起身。钻石猎人在恐惧和失望中大叫。

“别害怕。”我说，“也不要失望。我给你钻石。”我给他讲述我的故事。

“我们会救你的。”钻石猎人说。很快，其他钻石猎人也加入我们。我们吃羊肉，睡在星空下。早上，我们沿着山脊走到毗邻的一个岛上，岛上长满足以遮蔽一百个人的樟树。我们看到野牛和水牛，还有一只叫作犀牛的野兽，它长着独角，有四个女人那么长，角上面有一头大象。大象已死，它的脂肪在阳光下融化。一只大鹏鸟飞过来，把死象叼走，去喂小鸟。

我们来到巴士拉。从那里我回到巴格达的家。我拥有钻石财富，给朋友买礼物，并把我的家装修得很奢华。

他们又一起吃饭。饭后，水手辛巴德送给挑夫辛巴德一百枚金币，并邀请他第二天再来。

晨光封上了山鲁佐德的嘴。

第五百四十夜

水手辛巴德的故事，第三次航行

山鲁佐德给儿子和丈夫身边垫上枕头后，又开始讲。

挑夫辛巴德回到水手辛巴德的家。吃完饭，大伙打着饱嗝，心满意足。水手辛巴德开始讲述第三次航行。

尽管我的身体逐渐衰老，但对新奇迹的渴望又开始搅动我的内心。我跳上一艘船。

有一天，一阵狂风吹过大海，海浪咆哮，击打着我们，一直把我们推到一个岛屿。船长尖叫起来。“这里是猿山！没有人能逃脱它。”

黑色且毛茸茸的矮小猿猴蜂拥而至，黄眼睛闪闪发亮。它们一边咀嚼着绳索，一边让风帆疯狂地拍打着。它们把我们抛下船，驾船而去。

岛的中心是一座带庭院的城堡，那天剩下的时间我们就睡在那里。夕阳西下，大地隆隆作响。一个棕榈树大小的巨人蹒跚而来。他的牙齿是野猪的獠牙，肥嘟嘟的嘴唇颤抖着垂在胸前，眼睛像火炬一样燃烧，指甲卷成狮爪。他把我提起来，摸我就像屠夫摸羊羔一样。他放下我，去摸下一个人。他一个个摸遍，一直摸到胖船长。他折断船长的脖子，烤熟吃掉。吃完便睡。

我们不敢动。早晨，巨人离开后，我们流着眼泪寻找藏身之处。没有洞穴，没有茂密的森林，什么都没有！夜幕降临，我们惊慌失措。谁知道这里潜伏着什么更可怕的怪物？我们回到院子。大地再次隆隆作响，巨人又挑出一个人，吃后睡去。早上又离开。

我们用从城堡拆下来的木板搭起一座木筏。然后我们意识到，如果将来另一艘船停下来，巨人会吃掉更多好人。我们必须在离开之前杀死他。

我们又回到城堡。巨人吃掉另一个人后睡去。我们抓起铁烤叉，扎进他的眼睛里。他尖叫着寻找我们。我们躲过他的盲目捕捉。他冲出院子，带回一个女巨人。我们冲向木筏，漂向大海，但女巨人投掷巨石，除我们三个人外，将其他人全部砸死。

木筏把我们带到一个岛上。我们跳下来倒头便睡。醒来时，一条大蟒蛇蜷在我们周围。它吞下我们中的一个人。我们听到他的骨头在蟒蛇腹中断裂。蟒蛇离开后，我们开始寻找逃生的办法。什么都找不到！那天晚上，我们两个人爬上一棵树。蟒蛇也爬上来，吃掉另一个人后离开了。

我把几块木头绑在我身体周围，就好像我在棺材里一样。夜幕降临时，蟒蛇试图吞下我，但木头让它吞不下去。

早上，正好一艘船经过。我把树枝举过头顶用力摇摆，大声呼喊。他们把我接上船。船长把一名在海上失踪乘客的货物送给我。那位乘客的名字是水手辛巴德。当我告诉他那人就是我时，他怀疑我。但我告诉他发生的一切，描述我的货物包装的记号，他相信了我。

我们航行到印度河谷，我卖掉货物而获利。一路上，我看到一头牛，它其实是一条鱼！我看到一只鸟从漂浮在海浪中的贝壳里钻出来，在水垫上产卵！

我回到巴士拉，从那里又回到巴格达。我给穷人施舍，送给朋友礼物。

大家又饱餐一顿。水手辛巴德送给挑夫辛巴德一百枚金币，邀请他再来。

山鲁佐德儿子的毛茸茸的软发变成金色绒毛。

“第三次救援。”迪纳尔扎德说。

“每一次都比上一次更惊险，”沙赫亚尔说，“但这些都是故事。没有真正发生过。”

“对我来说很真实，”迪纳尔扎德说，“巨人和蟒蛇……这样的邪恶确实存在。”

“我最感兴趣的是人做的恶事。”沙赫亚尔说。

山鲁佐德叹口气，用手拧着床单。

对页

一个可怕的巨人住在岛上的城堡中。巨人首先选中胖船长。巨人杀死船长，烤熟吃掉。第二夜巨人又挑选第二胖的水手做晚餐。

浮巢

一只长须燕鸥卧在它的水上鸟巢中。

在这些故事描述的奇妙动物中有在水中产蛋的鸟类。也许没有鸟会这样做。但是有几种鸟，包括鸊鷉、水燕和燕鸥，会用植物在水面上筑巢。这些植物通常锚定在水下的其他植物上。在波斯湾附近的红树林沼泽中生活着许多燕鸥。当它们坐在巢穴上时，巢穴会沉入水下，只有在鸟飞走时才会再次升上水面。这对于防水的鸟蛋来说是没有问题的。

第五百四十一夜

水手辛巴德的故事，第四次航行

山鲁佐德撩开脸上的头发，平静地深深吸一口气。她必须专注于人所做的恶事，因为那是她丈夫想听的。她的手在颤抖。她对人的邪恶了解太多。她知道国王可以杀死无辜的新娘。但她不能涉足身边的事，她不能冒犯沙赫亚尔。

此外，她开始意识到他需要安抚。他对被背叛的恐惧表明他对自己缺乏信心。他很可能会杀死她——但同时，他也渴望得到鼓励。而且他很聪明，他可以学习变得更好，更强大。如果她能帮助他。

她在他眉眼间吻一下，然后开始讲故事。

早上，挑夫辛巴德来到水手辛巴德的家，又吃又喝。然后水手辛巴德开始讲述他的第四次航行。

巴格达的生活很美好，但你知道水手内心是怎么想的。每天我都能听到脑海中的海浪，我能闻到鱼腥味的空气，我能尝到嘴唇上的咸水。我必须返回大海。这是一种强迫症。

因此，我乘坐商船，从一个岛到另一个岛，从这个海到那个海。暴风雨来临，船长抛锚，免得我们受到海浪冲击。风暴撕碎风帆，把我们和我们的财产抛到海里。有些人抓住漂浮的碎片，手脚并用在海上漂泊一天多。我们来到一个小岛，向内陆探索。我们来到一座建筑，凶猛的人从那里冲出来，把我们拖到国王那里。

然而，国王微笑着喂我们奇怪的食物。这些食物的味道让

前页

暴风变成一场可怕的暴风雨，波涛汹涌将船击碎。能够抓住船板和箱子的人奋力击水上岸，得以幸免。

我反胃。我虽然很饿，但忍住不吃。其他人却不停地吃。很快他们就吃得晕头转向，翻起白眼。凶猛的人用椰子油擦在他们身上，让他们的皮肤膨胀。国王日复一日给他们喂食，水手们都变胖了。我却越来越消瘦，我想起魔鬼把人养肥后吃掉的故事。但我无法劝阻我的朋友们。食物让他们变得愚蠢。每天都有人带他们到食场，他们吃啊吃啊。他们是这些食人族的牧牛。

我跟着其他人一起去食场。我身体弱得走起路来都摇摇晃晃的。看守注意到我，发现我的眼睛清澈，肋骨也露出。他意识到下在食物里的药在我身上没起作用。不知道为什么，他对我产生了同情。他招手示意我往回走，指给我应该去的方向。我尽全力跑，来到一条路上，顺着它走了下去。

整整一个星期，我日夜跋涉在那条路上，直到我遇到一群人。他们对我的故事感到惊讶，他们给我食物，然后把我带上船，回到他们家里。这片新大陆的国王热情地接待了我。这是一个多么奇妙的城市，有各种各样的食物和各种各样商品和商人。这里的热闹让我想念巴格达。国王和我成为朋友。有一天我问他为什么他从不使用马鞍，而是更喜欢骑在无鞍的马背上。

“什么是马鞍？”

我请来一位木匠帮我制作马鞍。我用羊毛做垫子，铺上皮子，又加上鞍带。我让铁匠做好马镫，在上面挂上丝绸流苏。国王为之叫好。他的宰相也想要一副。其他达官贵人也想要。很快我便生意兴隆，变得富有，受人尊敬。国王让我娶上一位可爱的女人——甜美、漂亮、富有。我们住在毗邻皇宫的大房子里，生活美满。

一天，一位朋友的妻子去世。他痛哭流涕，表现出失去妻子的悲伤，我告诉他要节哀。他眨一眨眼，说：“那怎么可能？明天我就要死。”

“你很伤心，我能理解，”我说，“但不要夸大其词。失去妻子的男人很多，你不会因悲伤而死的。“

“但我妻子明天将要入葬，我会和她一起去。那是我们的习俗。夫妻生死与共。”

真的可以这样吗？第二天，我跟随葬礼队伍来到一口石井旁。他们把尸体扔进去。尸体穿着最好的礼袍，带着最好的珠宝。他们用一根绳子系在我的朋友、死者的丈夫的胸前，慢慢把他降到井下。他们

历史上的马

阿拉伯马驹和母马在毛茛花田奔跑。

约六千年前，人类驯化了马。我们不知道马鞍最早出现的确切时间，但骑兵在大约公元前 700 年在亚述开始使用马鞍。又过了一千年之后，马镫的出现才在中国找到证据。然而，直到中世纪，马镫才向西传播到欧洲和中东。马镫对社会产生巨大的影响，因为它们使骑手的活动更加灵活，包括能够更准确地使用手持武器进行狩猎和战斗。

让他带上七块面包和一壶水。到井底后，他解开绑在胸前的绳子。他们把绳子拉上来之后，用一块巨大的石头盖住井口。我想象他在那儿一定吓得颤抖。他同样穿着最好的衣服，手指上戴着戒指，脚趾上戴着铃铛。现在所有这些华丽的装饰对他还有什么用处?

我用力抱紧自己，手指深深陷进肉里。我问国王他们是否会像对待市民一样对待像我这样的外国人。的确，他们一视同仁。恐惧让我原地兜圈子。

或许是命中注定，我自己的妻子很快就病倒去世。我高声尖叫，说我不服从他们的习俗，我不是他们的成员，他们不应该这样对待我。但我仍在她之后被降到井下。我拒绝解开腋下的绳索，他们便将绳子扔下来，盖上石头。井下变得漆黑一片。

我在四周摸索。处于不同腐烂阶段的骨头和尸体散落在地上。恶臭使我恶心，我不得不爬行。我蜷缩在井下的一个凹陷处，靠少得可怜的水和面包维持生命。

我不知道这样过去了多久，也许十天，也许更长。我非常小心地吃东西，只有当我感觉要饿晕过去时才进食。我必须让这些食物和水维持到我找到逃生的方法。但是，唉，面包和水都在慢慢消失。我咬手指头以减轻饥饿感。终于我听到石头摩擦石头的声音。一道光柱射入井中。一具死尸被抛下来。然后一个女人被放下来。她解开绳子，绳子向上消失在井口。石头被放回原处。光亮随之消失。

寡妇轻声哭泣。她不知道我缩在那里听着。我已经在预谋下一步的行动。

她注定要死。而这是她自己的错。她属于这个国家；她相信这种令人作呕的习俗。她活该。她甚至可能期待死亡。但她有七个面包和一壶水。为什么要浪费掉？尤其是当我在那里的时候。况且我不该死——我不相信他们邪恶的习俗。我捡起一根粗骨头，只一击她便毙命。

我蜷缩在井壁的一个凹陷里，把少得可怜的水和面包一点一点节省着用。我没有去想死去的女人。我没有去想接下来会发生什么。尽管如此，这一切就像胸膛里压着的一块冰冷的石头。我不知道在那个洞穴中活过多少个月，也不知道杀死过多少死者的配偶并依靠他们微薄的口粮生存。但肯定是很多。

有一个白天，也许是晚上，因为这里黑夜和白天对我来说是一样的，我听到翻找东西的声音。我站起身来，翻找的声音变成匆忙逃走的脚步声。脚步声很快消失在远方。我跟着声音来到洞穴的另一端，看到昏暗的光线和野兽的尾巴。那只野兽正从这个洞里逃出去。洞穴这一侧倾斜得厉害，我不得不趴在地上往外挤。欢呼！这个洞足够大，我现在已经瘦得可以通过。

但我当时仍能保持头脑清醒。我没有立即逃跑，而是回去把死者的珠宝收集起来，用他们的丝绸衣服包裹好。我带着成捆的财富离开了那个洞穴。

我来到海边等待。一艘船驶过来，我拿死去贵族的白衬衫在头上挥舞。他们把我拉上船，我把我的故事告诉船长。但我没有告诉他那口井和我在井下的时间。我认为他不会理解我所做的选择。连我自己都不理解。

我经巴士拉返回巴格达。我给穷人施舍食物，给寡妇提供衣物，给孤儿安排食宿。没有人比我更了解生活的艰辛。

水手辛巴德陷入沉默。没有人说话。他们吃完饭，挑夫辛巴德拿着领到的一百枚金币回家。

山鲁佐德也陷入沉默。

雨点打在窗户上。清晨的天黑沉沉的。

迪纳尔扎德也一句话不说。沙赫亚尔也闭着嘴。

人干的恶事让他们三人都说不出话。

对页

水手辛巴德从山侧的一个窄缝逃出。脱逃之前，他从洞穴里的尸体上摘下他能够带走的所有珠宝。

第五百四十二夜

水手辛巴德的故事，第五次航行

沙赫亚尔的手指沿着山鲁佐德的下颌和脖颈的曲线滑过，停在她喉咙底部的颈窝。他动一动嘴唇，好像把要说的话又咽了回去。她拉起他的手，握紧。现在是讲故事的时刻。他想知道人类干的恶事，那么他听到的将是人类干的恶事。

黎明时分，挑夫辛巴德匆匆赶往水手辛巴德的家。水手辛巴德开始讲他第五次航行。

我的心沉迷于大海。这次我自己买船，雇船长和船员，为的是不再搁浅。我终于安全了，至少我是这样想的。

我们到许多国家访问，然后在一个无人居住的岛屿登陆。其他人上岸探索。其中一人跑了回来。“快来看一个巨蛋。像一个圆顶！”

一个大鹏鸟蛋！我向船员们飞奔过去，但他们已经把蛋砸开。

天空变得漆黑，因为大鹏鸟的翅膀挡住太阳。我们奔向船。大鹏鸟和她的伴侣尖叫着在我们头顶盘旋。我们赶紧起航，鸟儿飞回小岛。片刻之后，他们用爪子抓着巨石飞回。雄鸟扔下巨石。巨石落在水面上，掀起巨浪，冲击力大得让我们能看到海底。雌鸟也扔下巨石，把船砸得粉碎！

我抓住一块漂浮的木板，用双脚打水，划到一个满是水果和鲜花的小岛上。早晨我看见一个老人蹲在泉水旁边。他示意我过去，用手让我明白我应该把他抬起来背在背上。我把他背

前页

水手们打碎了一个大鹏鸟的鸟蛋。悲伤的父母对他们实施报复，对着船扔下巨石，将船击沉。可怜的水手们！水手辛巴德趴在一块船板上划水上岸。

到他指定的地方，等他下来。但相反，他的双腿用力夹紧。他的皮肤很粗糙，疼得我哭出来。几天来，他像骑驴一样骑着我。

有一天，我在地上发现一些干透的葫芦。我把葡萄压进其中一个，塞好葫芦口，放在阳光下。很快，果汁就发酵成一种粗制的红酒。喝它能缓解我脖子和肩膀的疼痛。老人把葫芦夺去，一饮而尽，醉得昏过去。我撬开他的腿，把他放在地上。但我知道他还会来找我，把我再次当作他的奴隶。我便用一块巨石把他砸死。我告诉自己他是一个恶魔，而不是一个误入歧途的人。

我在岛上徘徊，心情沮丧。后来我遇到一条停泊在岸边的船。我给船上的乘客讲述我的故事。他们称那个奴役我的人是海老人。我们航行到另一个岛上。岛上有一座大城市。猿猴生活在周围的山上。晚上，它们进城，把遇到的人全杀死。人们只好上船，把船划到海上过夜。早上，猿猴回到山上时，他们才回到岸上。

那天我在城里探索。但是当我回到码头时，我发现我的船已经起航，没有载我。我颤抖着，想起我第三次航行中遇到的那些可恨的猿类。但是一个人把我带到他的船上过夜。第二天，他给我一个装鹅卵石的袋子，然后把我和他的朋友们送到一个山谷。山谷里长满高大的树木。猿猴一看到我们，就逃到那些大树上。我不知道它们为什么不杀我们。我们向它们扔鹅卵石。猿猴从树上摘下椰子，把它们扔回给我们。就这样，几个月来，我捡椰子拿到城里出售。我变得富有了。

有一天，一艘船来访。我带着椰子上船，用椰子换胡椒和肉桂。这些调料辛辣得让鸟儿头晕目眩，还有中国沉香木——新鲜的，有香味，干燥后，可以制作好的家具和炊具——最重要的是，珍珠。当我回到家时，我比以往任何时候都富有。

大家吃得酒足饭饱。挑夫辛巴德带着一百枚金币漫步回家，想着海老人的事。他是一个恶魔，还是一个烦人的老人？

前一天的雨在窗台的坑洼处留下水洼。黎明在那里闪闪发光。“我希望那个老人是个恶魔。”迪纳尔扎德说，“你不能因为被麻烦而杀人。”“他不仅麻烦，”沙赫亚尔说，“他还给别人造成痛苦。”“但是，痛苦是结束他人生命的理由吗？”这个问题悬在潮湿的空气中。

水手辛巴德的故事，第六次航行

宝贝哭闹，沙赫亚尔把孩子抱在怀里。孩子安静下来。

“你很有魅力。”山鲁佐德低声说。

沙赫亚尔的嘴唇掠过她的脸颊，轻声说：“你说服了我。”

“说你有魅力？”

“人类做坏事。也许这个水手能表现出一些可取之处？”

“认真听下去，”山鲁佐德说，“每个人都有可取之处。”

挑夫辛巴德跑着来到水手辛巴德的家，听水手讲述他的第六次航行。

我终归没能吸取教训，又乘坐商船出海。我们进入船长没有计划航行的海域。船长捋一捋胡子，拍一拍自己的脸，然后在甲板上拍打。“祈祷吧！”他喊道，“否则我们要迷路。”他爬上桅杆松开帆，但一阵大风刮起，舵又失灵。风把我们吹到一个崎岖的岛屿上。船撞在礁石上，撞得粉碎。我们跳入大海。

许多人设法爬上岸。珍宝散落在沿海的水湾。这些都是失事船只上的货物。我们把它们收集起来，爬到一个高处，从一条甘甜的溪流中喝水。珍珠和珠宝在河床上闪耀。从那里很容易俯瞰岛上的大部分地区。中国沉香木大量生长。一股龙涎香直奔大海，巨大的海兽喝下龙涎香，游到深处再吐出，龙涎香凝固，浮在水面上。水手们将这些凝块出售，作为用于熏香、香水和治疗头痛和颤抖的药物。我们试着到达溪流，但它流过的那一部分山脉无法穿越。

我们带着几桶甜水回到岸边，看着我们收集的东西，宝物多，食物少。我们开始变瘦，越来越消瘦。我们中的一人死于饥饿。我们用散落在岸边的衣服把他包起来，埋葬他。每天都有更多的人死去。最后，只剩我一个人。多么可怕！我给自己挖好坟墓，躺在里面，希望风会把沙子吹到我的身上，就算安葬。

龙涎香

一头抹香鲸在海中游弋。

龙涎香在这里被描述为海兽吃掉然后吐出的东西。事实上，这种蜡状物质是在抹香鲸的肠道中产生的，可能有助于它们将吃过的尖锐物体排出。一旦排出体外，它就会被海撞碎，所以很难找到成块的龙涎香。当暴露在海里时，它会变硬并散发出甜香气味。古代用作熏香，中世纪用作药物，后来一直用作香水和食品调味剂。

我躺在坑里，心里想着那条山涧。我从一艘失事的船上捡起一块木板爬上山。我趴在木板上，汹涌的水流把我冲下来，然后直冲到岩壁的一侧。我紧紧地抱住木板。细缝太窄，木板撞到两边，刮到我的头顶。我确信我会被卡住并死在那里。我陷入谵妄。

当我醒来时，太阳几乎把我的眼晃瞎。我的木板躺在陆地上，人们盯着我看，说着奇怪的语言。然后有人用阿拉伯语问我在山里做什么。我给他们讲我的故事。他们喂饱我，带我去见他们的国王。我带着沉船中的宝物，把珠宝送给国王。我们讨论我的国家。他很好奇。

有一天，我得知有些人计划前往巴格达。我向国王告别，他让我带礼物给巴格达的哈里发，因为他对我们人民的宗教习俗印象深刻。离开前，他让我把我的故事告诉他的抄写员，这样他们就可以把我的故事存在图书馆里。我回到家，心里充满喜乐。

水手辛巴德咧嘴一笑。“吃吧，明天再来，我给你们讲我最后一次航行的故事。”挑夫辛巴德把他新得的一百枚金币放进袋子里。

山鲁佐德用手压在肚子上。肚子里的宝贝也回应她。

“这个水手，他的确是个聪明的家伙。”沙赫亚尔说。

“但他总是需要救援。”迪纳尔扎德说。

“获救并不丢人。”山鲁佐德睡眼惺忪地咕哝道。

“尤其是当你很聪明的时候。”沙赫亚尔说。

对页

水手辛巴德抓着一块木板被山溪的水流冲到山的另一侧。那里有一座城镇。城镇的国王欢迎他的到来。

第五百四十四夜

水手辛巴德的故事，最后一次航行

“姐姐，姐姐，”迪纳尔扎德喊道，“快给我们讲最后一次航行吧。”“是啊，”沙赫亚尔说，“给我们讲这个聪明的水手的第七次，也是最后一次航行。”

第二天，当挑夫辛巴德去水手辛巴德的家时，他发现饭菜已经准备好，水手的仆人和邻居都聚集在一起等待他的到来。所有人都吃得很快，然后转身面对水手，他深吸一口气，开始讲最后一次航行的最后一个故事。

经过所有这些不幸，逃脱死亡之后，我本应该在家安享平静生活。确实，我很享受。哦，确实如此。我每天醒来都心知我是一个幸运儿。我呼吸着饭菜散发出的香气，躺在松软的垫子上听音乐，看舞蹈，我对这一切报以微笑。

然而，不可避免地，过去冒险的记忆逐渐消失。这时，我意识到我还没有完全治愈我对旅行的渴望。巴格达这里的生活都很熟悉。外面的未知世界——在大海上，在丛林里，在外国城市里——牵引着我，直到让我走起路来都摇摇晃晃。

匆忙中，我把许多财物放在一起，捆成捆，登上一艘商船又出发了。我们兴致勃勃地旅行，从一个岛到另一个岛，越走越远，有一天，在某个海域，天开始下雨，不停地下。然后暴雨如注。我们用帆布盖住货包，但我们仍然担心货物会被毁坏，到目前为止的旅行将是徒劳的。船长爬上桅杆，看看能不能找到一个好的港口。但随后他尖叫起来，扯着胡须，扇自己嘴

前页

在水手辛巴德的第七次，也是最后一次航行中，他乘坐的船无意之中来到世界上最遥远的水域。水里充斥吞食水手的鲸鱼。

巴。当然，我以前见过这种行为，所以我知道这意味着最糟糕的事情就要来临，甚至不用他解释说，风把我们带到世界上最远的海，我们几乎没有再回来的机会。

船长走到他的货物箱前。他拿出一袋灰烬，弄湿并闻一闻。然后他打开一本小书开始阅读。读完，他悲伤地抬起头看着我们。“我们要完蛋。每个进入这片海域的人都会被鲸鱼吞进肚子里。”在他说完最后一句话时，海水涌起。我们的船也随着升起。我们看到一头巨大的鲸鱼呼啸而至，发出雷鸣般的声音。我们惊呼。第二条鲸鱼，更大更可怕，从另一边出现。我们不顾任何体面地哭起来。第三条鲸鱼，最大最可怕，从另一边出现。我们吓疯了；死亡迫在眉睫。它们张开深不见底的大嘴。就在那一刻，船撞上礁石，四分五裂。我发现自己置身于汹涌的大海中，沉浮不由己。当海面终于平静下来时，我游到一块漂浮的木板上，像一只顽强的虫子一样吸附在上面。在过去的每一次航行中，都有一个时刻，我意识到我在旅行中的愚蠢，并后悔离开我美好的家。我从未像现在这么遗憾。“我发誓，全能者，我发誓，如果你最后一次饶恕我，我就不再旅行。我甚至再也不想出去旅行。”

我的木板漂到一个有淡水和许多果树的小岛上。我吃，喝，睡。当我醒来时，我想起在我最后一次航行中，一条小溪如何将我带到安全的地方。我又设法在那个岛上砍下一些美妙的檀香树，并用芦苇和草编成的绳子把它们串在一起。我把木筏放在溪流里，被溪水带走。溪流加入更多的溪流，很快来到汹涌的河流中心。河水直奔山腰而去。上次乘木筏穿过山间隧道时，我感到的所有恐惧重新向我袭来，我试图将木筏转向岸边。但河水比我有力。我再次发现自己陷入一条可怕的隧道。不过这一次，水流很快就冲出去，带我穿过一个山谷，一直来到一个繁华的城市。

岸上的人往我的木筏上抛来网和绳索，把我拖到安全的地方。一位老人带我回家，给我食物，给我洗澡，给我穿上精美的丝绸。我在他家里待了三天，恢复体力。第四天，他建议我们去市场出卖我的货物。什么货物？当船在礁石上撞碎时，我失去了所有的财产。可这位老人对我这么好，我也不想反驳他。所以我说：“如你所愿。”我们去市场，老人把我的筏子卖掉——那艘筏子是我用檀香木做的。原来，我去过的森林里的檀香木是世界上质量最好的檀香木。以前没有人见过这样的东西。最高出价是一千第纳尔。老人问我是不是愿意接受这个价格，还是再等一会儿，看一看以后能不能拿到更好的价格。我不知所措，因为我没有意识到木筏的价值。所以我说："如你所愿。"老人笑着给我一千第纳尔，再加上一百第纳尔，如果我愿意把檀香木卖给他。"如你所愿。"我第三次说道。

我们回到家，老人很高兴。几天后，他要把女儿许给我。至此，生活完全超出我的控制。所以我回答说："如你所愿。"我们结婚了。他的女儿很讨人喜欢，我们坠入了爱河。不久，老人去世，我继承了他的家和财产，生活很美好。

我经常在城里人中间游荡。我注意到在每个月亮周期开始时，男人都会长出翅膀飞走，留下女人和孩子。当他们返回时，生活又正常进行，直到下一个月亮周期。我让一个男人在下一次飞走时带上我。起初他拒绝，但我坚持。于是在下一个月亮周期，我没有告诉妻子或仆人，就爬上他的背，和他一起飞走了。我们升得如此之高，我们飞到天上。我高声叫喊。

话音刚落，天上燃起一团火，我们险些无法逃脱。那人把我丢在山顶上，扔给我一串愤怒的话后飞走了，把我留在那里，孤身一人。两个年轻人不知从何而来。他们给我一根金手杖，然后迅速离开了。

借助那根神奇的金手杖，我稳稳地走在山脊上。一条蛇出现，一个人已经被吞掉一半，在它嘴里挣扎。"救救我。"那人喊道，我用金手杖砸那条蛇的头，蛇把那个人吐出来后逃走了。

我和那个人很快就找到了和我一起飞的人。我为让他飞得这么高而道歉，因为我认为那是导致我们几乎被烧死的原因。他告诉我是我的叫喊差点导致我们的厄运。他说，如果我不说话，他会带我回家。我默默地坐在他的背上，和他一起飞回了家。

当我告诉妻子发生的事时，她解释说他们信奉魔鬼，我必须远离那些人。我们卖掉所有财产，登上一艘船，回到巴格达。我们在这里过得很开心，我再也不会去旅行。我没有旅行的欲望了。我终于从对旅行的痴迷中完全恢复过来。

水手辛巴德双臂交叉放在胸前。"你觉得怎么样，我的好挑夫？"

"你的财富来之不易，"挑夫辛巴德说，"我为说财富是随机的而道

葱茏的岛屿

成熟的枣子长在椰枣树枝上。

辛巴德到过的岛屿都果实累累；他航行的大海充满奇异的动物。在第三次航行中，他遇到一个"大如棕榈树"的精灵，而且看到"一头牛，实际上却是一条鱼"。波斯湾地区的椰枣树比其他任何地方都多。人们吃椰枣树结的枣子，用树的枝条和木材制作家居用品。波斯湾也是许多独特动物的家园，包括儒艮，一种可以长到9英尺（2.7米）长的海洋哺乳动物。它们像牛一样吃水生植物。然而，现实中没有类似于大鹏的鸟类。

对页

水手辛巴德骑在一个飞行者的背上。此人信奉魔鬼，不信真主。幸运的是，他将辛巴德送回妻子身边。

歉。我们见面的第一天，我坐在你院子外的长椅上唱的那首歌——那首歌对你不适合。”

他们再一次美餐一顿。在一天结束时，他们四散而去。此后水手辛巴德和挑夫辛巴德经常一起吃饭、聊天。他们成了最好的朋友。

山鲁佐德在清晨的阳光下安静下来。

“就是说财富不是随机的。”沙赫亚尔说，“我喜欢这个水手辛巴德。他有不凡的经历。”

“并多次获救。”迪纳尔扎德说。

“是的。包括获救。”

第六百六十七夜

侯赛因王子和魔毯的故事

“姐姐？姐姐，你还好吗？”迪纳尔扎德的声音传来。“当然。别出声。”

“但你疼得直呻吟。”“别傻了。”

“我也能听到，”沙赫亚尔说，“你肚子疼吗？”

“安静，你们两个。今晚我要讲一个新的故事。”

印度苏丹有三个儿子和一个女儿。但是这个女儿不是他亲生的，是他兄弟的孩子，小婴儿时就成为孤儿。所以这个名叫努伦尼哈尔公主的女孩，是三个王子的表妹。他们一起在宫中长大。

努伦尼哈尔公主长成一个非常迷人的年轻女子，性情甜美，熟悉动物，人们看到她的美貌几乎要晕过去。她的脸庞是那么精致。

三个王子都爱她，像兄长爱妹妹一样。但很快他们无法不注意到她的可爱。他们睁大眼睛，看着她吃饭时的精致举动。他们竖起耳朵，听着她唱歌时轻快的旋律。他们耸起鼻子，跟着她采花的步子。哦，对了，他们都想娶到这个十全十美的年轻淑女。三个王子都为得到她的青睐而相互竞争。

苏丹竭力说服两位弟弟把表妹让给大哥，但他们不同意。苏丹本可以宣布支持大哥，但那样会造成亲人反目。因此，苏丹下令：让三个王子外出寻找稀世珍宝，就是那种让人惊艳的神奇宝物。找到最神奇宝物的王子将迎娶公主。苏丹给他们每人一大笔钱，用来购买这些珍品。

前页

苏丹的长子侯赛因王子买了一块用旧的小地毯。他认为他的选择最令人艳羡。坐在上面，你可以飞到世界上的任何地方。

兄弟三人一起上路，当晚暂住在一家客栈。他们约定在此分道，各自独立寻宝。一年后，在这同一家客栈会面，然后一起回家。

大哥侯赛因王子前往比斯纳格尔。这座伟大城市的每条街道上都布满各类商店：布商、花商、工匠在叫卖他们的商品。印度的亚麻布、波斯和中国的丝绸，数不清的玫瑰，扎成花环，每个商人都戴着黄金、宝石和珍珠，挂在脖子上，绕在手臂、手指、脚踝和脚趾上，从袖子的下摆垂下来。还有地毯。地毯中央图案的四周镶有对称的锯齿图形，花环图案编织得像蛇一样蜿蜒穿行。背景是深红色或深蓝色。每一块地毯都各有特色。侯赛因王子想象着带着努伦尼哈尔公主去乡下，他们铺开地毯，坐在上面野餐，在一起欢笑。也许在凉爽的清泉旁边，或者在一棵伞盖一样的无花果树下。他从一家商店走到另一家商店，检查每块地毯的底面是否有紧密的结，摸着上面的光滑度，问自己哪一块最能取悦他甜蜜的爱人。就他所见，它们都奇妙无比，质量上乘。

有一天，侯赛因王子在一家商店里坐下来休息，一个路过商人的叫卖声引起他的注意。他卖的是一张高价的地毯，比所有其他人的要价都高。侯赛因王子自然很好奇，但地毯又旧又薄，尺寸也偏小。不过，商人还是宣称它的优点：“当你坐在上面时，它会立即带你去任何你想去的地方。”

“任何地方？”王子问。

“世界上任何地方。它会飞。让我们坐在它上面，让它带我们到你住的房间。”

侯赛因王子脱下鞋子，光着脚站在地毯上，颤抖着期待着。他在商人的身边坐下，希望能到他的房间里。片刻之后，他们便到了。王子高兴地付出高昂的价钱。他显然获得了稀世珍宝。他坐在地毯上，希望自己回到客栈，在那里等待两位弟弟回来。

二哥阿里王子走上通往波斯首都设拉子的道路。这座城市以迷人的花园著称，尤其是茂密的果树。这里肯定有他需要的东西。他在玫瑰园中漫步，到果园探幽。但他并不是在户外的壮丽景色中发现他要找的宝物的，哦不，是在一个路过的叫卖者手中：一副象牙望远镜。那个叫卖者要价过高。阿里王子问店主那个叫卖者是不是过于离谱。店主说不离谱。如果要价高，那望远镜肯定有超乎想象的价值。店主

舒适的地毯

波斯地毯有多种颜色和图案。

世界各地，从美洲原住民纳瓦霍人的住地到中国，许多文化都生产出精美的传统地毯。特别是对于游牧民族来说，搭起帐篷，铺上地毯，就能立刻安家。如果地面碰巧是沙漠的沙子，地毯可以很容易遮掩不平整的地面。

把叫卖者叫过来。叫卖者吹嘘说，如果你从象牙望远镜里望出去，你可以看到世界上任何你想看到的东西。阿里王子请求一试。让他喜出望外的是，从望远镜里他看到努伦尼哈尔公主和侍女们在欢笑。阿里王子当然立即付出高昂的价钱。在享受完欢乐之后，他回到客栈。在那里他找到哥哥侯赛因王子。他们一起等待着弟弟。

最小的弟弟艾哈迈德王子踏上去撒马尔罕的路。那毕竟是一座名城，四面八方的商人都来这里兜售商品，他一定会在撒马尔罕找到一件绝妙的宝物。他的确很快便找到了。那是一个人造苹果，看上去很不起眼。但叫卖者要一大笔钱。艾哈迈德王子俯身闻一闻。那个人造苹果散发出最扑鼻的气味，就好像你坐在盛满炖苹果的浴缸里一样。商人一笑。那种气味，他管它叫香水，可以治愈任何人的任何疾病。当然，艾哈迈德王子要得到人造苹果价值的证明。商人叫来路过的人，所有人都证实他们或他们的丈夫、堂兄、邻居被苹果治好了痼疾。不过，艾哈迈德王子想亲眼看看它的效力。他们找来一个病人，用苹果治愈他。艾哈迈德王子心甘情愿地接受了昂贵的价格。然后他回到客栈去见两位哥哥。

苏丹的二儿子阿里王子买了一个象牙望远镜。他认为他的选择最令人艳羡。用这个望远镜，你可以看到世界上的任何地方。

黎明来临，给山鲁佐德带来安宁和舒适。

她的背疼，腿疼，体内的婴儿踢她的肋骨。现在她的肋骨也开始疼。她忍着没有发出呻吟。

“三兄弟都找到了奇妙的宝贝。”迪纳尔扎德说。

“但地毯是最好的，”沙赫亚尔说，“乘地毯飞行，你可以鸟瞰世界，可以让你在很多事情上占优势，从贸易到交战。”

“望远镜也可以让你看到一切。”迪纳尔扎德说。

“但地毯可以带你远离危险。”

“如果你真的陷入危险，人造苹果可以治愈你。”

“但地毯是最好的！”沙赫亚尔将沉重的手放在山鲁佐德隆起的腹部。她感觉到婴儿在踢他的手。

国王轻轻回推，“飞行很特殊。鸟儿的飞行可以告诉你真主的想法。”

“不过，地毯不是鸟。”

“不是。但地毯会带你去许多地方。就像山鲁佐德的故事一样。它让你体验事物。我想体验生活所能给我的一切。”

“啊，”迪纳尔扎德说，“我现在明白啦。”

“啊，”山鲁佐德想，“啊。”

对页

苏丹的小儿子艾哈迈德王子买了一个人造苹果。他认为他的选择最能令人艳羡。它散发的气味能治愈任何人的任何疾病。

第六百六十八夜

侯赛因王子和魔毯的故事续篇

“姐姐？姐姐，你没事吧？”迪纳尔扎德的声音传来。

“我告诉过你不要问我这个问题。”

“但你在呻吟，很多次。”

“有时，女人在婴儿要出生时会发出呻吟声。注意听故事吧。”山鲁佐德一边做着深呼吸一边不连贯地说。有生命开始的时刻，也有生命结束的时刻。让这一时刻成为第一种吧。她为这个故事鼓足力气。

三兄弟按照他们的约定在客栈会合。艾哈迈德王子展示他的人造苹果，它的香味可以治愈任何疾病。他是在一个以地毯和丝绸闻名的小镇找到的。阿里王子展示他的象牙望远镜，他是在一个水果卖得最好的小镇买的。侯赛因王子展示他的飞毯，它可以瞬间把你带到任何你想去的地方。他是在一个充满发明的小镇买的。三个珍宝相互联系；无论什么原因，艾哈迈德王子应该是在阿里王子访问过的小镇，那个以水果闻名的小镇，找到奇妙的人造水果；阿里王子应该是在侯赛因王子参观过的小镇，那个以发明闻名的小镇，找到奇妙的望远镜；侯赛因王子应该是在艾哈迈德王子访问过的小镇，那个以丝绸闻名的小镇，找到奇妙的地毯。三兄弟注意到这一事实。他们惊奇地发现这一切形成一个圆圈，一个编织起来的圆环，有一种他们还没猜到，但都感应到的联合力量。

他们也都迫不及待地想再次见到努伦尼哈尔公主。他们自然而然地决定通过那台象牙望远镜看一眼。

前页

三兄弟比较他们得到的宝物。他们意识到，飞毯、视万物的望远镜和治百病的苹果，它们之间一定存在某种联系。三兄弟的猜测是对的。我们在下面会看到。

唉！他们心爱的公主染病了。医生无法治愈她。她不吃东西，不睡觉。她一直处于痛苦之中。死亡在门前徘徊。

三兄弟跳上飞毯。不一会儿，他们就来到公主的床边。艾哈迈德王子把人造苹果放在努伦尼哈尔公主的鼻子底下。让它治好她吧，三兄弟在心里恳求着。她只是浅浅地呼吸着——但是，哦，浅浅的呼吸就足够。努伦尼哈尔公主的脸颊恢复了颜色。她坐起身来，微笑着——是的，她笑得憔悴，但也真诚。是她的表兄们合力救了她——用他们发现的稀世珍宝产生的联合力量。

苏丹承认三个儿子带回来超出想象的稀世珍宝。但他不能决定哪一个最奇妙，因为事实上，是三人的配合才救了公主的命。而他从来没想过去问一问公主她是否对某一件礼物或某一位王子有偏爱。你知道，苏丹在这方面不是很聪明，所以愚蠢的苏丹定出一项新规矩：让三位王子射箭，射得最远的人将赢得公主。

侯赛因王子先射。然后是阿里王子，他射得更远。然后是艾哈迈德王子，他的箭飞得不知去向，苏丹宣布取消他的参赛资格，因为没有人能找到箭，这意味着无法测量他的箭射出多远。所以他判阿里王子赢。

侯赛因王子气得喘不过气来。全乱了套。努伦尼哈尔公主是他一生的挚爱。他无法忍受。他将继承王位的权利让给他的兄弟阿里，离开皇宫，过起隐士的生活。

望远镜显示努伦尼哈尔公主病了。三兄弟坐上魔毯飞回。他们把散发气味的苹果放在公主的鼻子底下，期待公主痊愈。

山鲁佐德陷入沉默。

“现在还没到黎明，”沙赫亚尔说，“你不应该现在停下来。故事完全不对。你必须改正它。侯赛因王子是对的。他应该赢得公主。他应该在第一个任务中获胜，因为飞毯是最奇妙的礼物。”

山鲁佐德一言不发，这一刻她说不出话，她什么也做不了，只能等腹中的疼痛过去。

“我不得不承认我同意你，”迪纳尔扎德说，“可怜的侯赛因王子。他没有妻子。”

“但他有飞毯，”山鲁佐德再次开口时说，“他可以用它来体验其他事情。”

“我想是吧。”沙赫亚尔说，他揉揉嘴角，“好吧。告诉我侯赛因王子在地毯上的冒险经历吧。”

“你可以自己编故事。”山鲁佐德说。

“什么？我不是讲故事的人。”

山鲁佐德气喘吁吁，说不出话来，就像侯赛因王子那样——但她不是因为愤怒。

“姐姐！怎么啦，姐姐？”

“时候到了。”

“时候到了？婴儿？”沙赫亚尔坐直身体，“我派人去叫助产士。”

“婴儿来得太快。你给婴儿接生吧。”

“我？”

山鲁佐德紧紧抓住沙赫亚尔的手腕，咬着牙，肚子又硬起来。当它软下来时，她说：“你。”

“男人对生孩子没帮助。”

“你不是随便哪个男人，你是国王。”

沙赫亚尔用空着的手扯着头发说：“但这是错误的。”

“父亲应该照顾孩子，不是吗？”

“那是真的。”现在沙赫亚尔将他的手放在嘴边咬住。“但是我不知道该做什么。我怎么能做好呢？”

山鲁佐德紧紧地抓住他的另一只手腕。又一次收缩来到，比以往任何时候都更强烈。当收缩过去时，她感到筋疲力尽。“我会告诉你该怎么做。迪纳尔扎德会帮忙的。”

“这太疯狂。”

山鲁佐德用力将头顶抵在丈夫的胸口，但这并没有减轻疼痛。然而，她不能尖叫，她不能吓跑丈夫。“你说你要体验，”她终于勉强说出话，“这是你说过的。还有什么比帮助你的孩子来到这个世界更刺激的？”

助产士

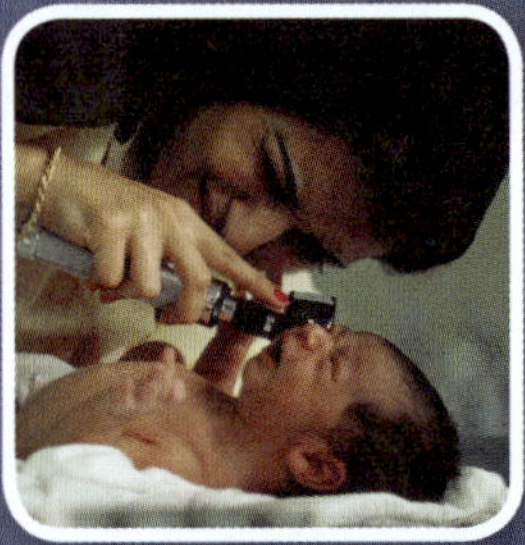

一位助产士正在为新生儿检查身体。

过去，在世界大部分地区，助产士接生婴儿。至今，在许多地方仍然如此。事实上，助产士往往会照顾人们健康的全部需要，尤其是为妇女和儿童的。过去，助产士的知识主要靠其他助产士的培训，并且通常基于迷信和道听途说。不过，最好的助产士能够提供非常好的服务。今天，许多助产士接受正规的医疗培训，其中一些与传统做法相结合。

沙赫亚尔挣脱束缚，站起身来。他站在床边，盯着黑暗中的妻子。

迪纳尔扎德点燃一支蜡烛。她把一直在角落里等着这一刻的水盆端过来。

山鲁佐德捧着硬邦邦的腹部蜷缩着，她的呻吟声充满房间，但她的目光仍盯着丈夫，那个必须留下来的丈夫。

当她再次沉默时，沙赫亚尔说：“告诉我该怎么做。”

于是他们的第二个儿子出生在父亲准备好的、宽大、温热、充满感激之情的手中。

沙赫亚尔在他儿子的右耳边低声呼唤。然后他把婴儿抱到他母亲的嘴边。她在他的左耳边低声呼唤。

沙赫亚尔喜极而泣。

作为国王，沙赫亚尔能做出不同凡响的事情。他为二儿子接生，因而体验到生命中最美好的时刻。

第七百三十夜

阿拉丁的故事

“姐姐，请你继续讲上一个故事。”迪纳尔扎德说。“当然。”山鲁佐德说。“讲得快点儿。”沙赫亚尔说。山鲁佐德的心怦怦直跳。她确实打算快点完成那个故事。但是为什么是她丈夫要求快点儿呢？他急什么？“你不高兴吗？”“绝对没有。我只是更期待你今晚要讲的下一个故事，那个很长很长的故事，要从晚上讲到早晨，直到中午。”山鲁佐德笑了。“你还记得。”“两年前的今晚，你讲第一个故事。去年，在我们周年之际，你额外讲了一个故事：阿里巴巴和四十大盗的故事。所以我一直期待着我们第二个周年你要讲的故事。”山鲁佐德大笑起来。为这个周年纪念故事她已经筹划了好几天。她吻吻两个儿子，一个在她左边，一个在她右边。她很快结束前一天晚上的故事，然后投入额外的故事。

在遥远的国度住着裁缝穆斯塔法，他有一个儿子叫阿拉丁。虽然裁缝和妻子都是温和的人，但阿拉丁却是个混球。他整天和粗鲁的男孩在一起，破坏别人的财产，只因为感觉无聊。父亲去世后，母亲只好把店卖掉，因为她一个人无力打理。她靠纺棉维持微薄的生计。

有一天，一个魔法师路过小镇，虽然还没有人知道他是魔法师。他在广场上注意到邋遢、粗野的阿拉丁，心里想，他可以利用这个男孩。魔法师四处打听，详细了解阿拉丁的家人。第二天，他走到阿拉丁面前说：“你父亲是裁缝，叫穆斯塔法吗？”

前页

阿拉丁的“叔叔”其实根本不是他的叔叔，而是一个魔法师。他把阿拉丁领到一个地下洞穴。洞穴里藏着千奇百怪的宝贝。阿拉丁在那里找到一个脏兮兮的旧油灯。

“他早已去世。”

“哦不！”魔法师泪流满面，将阿拉丁抱在胸前。“穆斯塔法是我的兄弟，你长得太像他，看着你我都心疼。”他在男孩的手掌里塞满硬币。“向你母亲致意。明天我会去拜访。我很想看看我心爱的兄弟住的地方。”

阿拉丁困惑地回到家；他从没听说过有这么一个叔叔。他的母亲也同样困惑。

第二天，阿拉丁在城里另一个地方闲逛。魔法师再次出现，拥抱他，给他硬币。这次是两枚金币。“把这些金币带给你母亲，让她买食物。我今晚来吃晚饭。”

阿拉丁指给魔法师去他家的路。他把金币交给了母亲。母亲精心准备了晚餐。魔法师带着水果和红酒来到阿拉丁家。他解释说，他四十多年来一直在外旅行，从很小的时候就一直没有再见过穆斯塔法，但他现在很高兴见到他的家人。他问阿拉丁在做什么生意。

对此，母亲斥责阿拉丁的懒惰。

魔法师提议把阿拉丁安排在一家布店里。“我的孩子，做商人对你有吸引力吗？”

任何工作对阿拉丁来说都没有吸引力。但至少商人穿得体面。他点点头。

第二天，魔法师带着阿拉丁去买适合商人的衣服。阿拉丁穿着他的新衣服四处走动。现在他们需要买一家商店，在店里摆满精美的面料。但这需要更多时间。所以，趁着第二天是一个节日，魔法师带着阿拉丁穿着他的新衣服去散步，去见镇上最有头面的人物，说服他们同意与阿拉丁做生意。

阿拉丁兴奋起来，他有这么一位了不起的叔叔真是太幸运了。他们往来于芬芳的花园，和住在华丽宫殿里的富豪交谈。生活就像一场梦。

他们走啊走啊，阿拉丁渐渐走累了。天气很热，他们已经走过小镇的边缘。“再走下去，我就没有力气往回走了。”

“我有一件奇妙的东西要给你看。再多走一点儿。”魔法师带领阿拉丁穿过荒野，来到一个山谷。

“捡一些柴草，点起篝火，我的孩子。”

阿拉丁生起火。魔法师在上面烧香，浓烟滚滚。魔法师念一句咒语，地面裂开，露出一块石板。石板上有一枚青铜戒指。魔法师突然转身，一记重拳将阿拉丁击倒在地，力气大得把阿拉丁的嘴打出了血。“为什么打我？”他叫道，“我哪里做错了？”

“你没做错什么。而且你不能做错任何事。我会给你指示，你必须严格按照指示去做。结果对我们来说就是财富。你明白吗？”魔法师的声音颤抖着。

几天前阿拉丁会嘲笑这样的谈话。但他叔叔眼中的闪光让他信服。“我会做你说的一切，一字不差地照做。”

“戴上那个青铜戒指，把石板抬到一边。”

“叔叔你得帮我。”

“只有你的手可以触摸它。”

“我没有足够的力气自己举起石板。”

“不要顶嘴！动手！”

阿拉丁戴上青铜戒指抬一抬。怎么回事？石板很容易就被抬了起来，轻得就像棉花做的一样。他把石板放在一边，更加确信叔叔说的一切都是正确的。

台阶通到地下的一扇门前。魔法师向阿拉丁发出指令。他摘下戒指戴在阿拉丁的手指上：“这个戒指可以辟邪。”

阿拉丁对魔法一窍不通。他对戒指没有多少信心。但他相信叔叔，他走下台阶，穿过门。他把衣服紧紧地裹在身上，因为叔叔警告说，如果他身体的任何部分触到墙壁，他就会死掉。他穿过一间间带拱顶的房间。房间里有许多青铜罐子，罐子里装满金银。但他没有拿走任何一块。他来到一个花园，那里的树上长满色彩鲜艳的水果。叔叔说过，阿拉丁可以任意摘树上的水果。他触摸它们，水果是玻璃的。其实，它们是钻石、红宝石、祖母绿、绿松石、紫水晶和蓝宝石。

但这个没见过世面的男孩不懂。尽管如此，他还是摘下许多，塞满衬衫。最后，他登上一个台阶，来到台阶顶部的露天阳台。他在那里找到一盏旧油灯。他按照叔叔的指示，把灯火吹熄，倒掉里面的液体。之后他匆匆回到洞口。

“叔叔，”他抱着玻璃水果和油灯喊道，“伸手拉我上去。”

“先把油灯递给我。”

阿拉丁内心产生了一种机警的本能。那是一种让父亲痛苦万分的本能。“我一出去就把灯给你。帮我上去。”

魔法师越是坚持要先有灯，阿拉丁的倔劲越发增长。一怒之下，魔法师又在火上烧起香，念出两个咒语。砰！山洞入口被关上。阿拉丁被留在黑暗中。

魔法师跺着脚转圈。他练的是把鹅卵石扔进沙子里的魔法。他可以从鹅卵石在沙上砸出的图案中学习他想知道的东西。这是一种真正的风水魔法。他就是这样知道神灯的存在的。神灯可以给他带来各种财富。问题是他不能自己把这盏灯从山洞里移走，所以他选择阿拉丁来完成这个任务。结果这孩子给他带来这么多麻烦。魔法师只好放弃，回到他在遥远南方的家中。

阿拉丁向叔叔喊一声抱歉，但他的声音却传不出石板。两天来，他一直绝望地坐在最底层的台阶上。第三天没吃没喝没睡，他双手合十祈祷。就是这个动作，这个双手合十的动作，让他不经意间擦到魔法师戴在自己手指上却忘记收回的戒指。

一个精灵出现：“谁戴着这枚戒指，谁就统治着我和戒指的所有其他奴隶。你的愿望就是我的命令。”

“把我从这里弄出去。”阿拉丁说。一秒钟后，他回到洞穴外面的泥地上，洞穴已经关闭，没有留下任何痕迹。他一瘸一拐地走回家，倒在地板上失去知觉。

母亲以为他已死而悲伤不已。当阿拉丁清醒过来时，她很高兴。她一点一点地喂他，直到他吃光所有东西。阿拉丁给她看玻璃水果和油灯，并告诉她整个故事。对发生的一切，他们无法理解。

妈妈去打扫那盏又旧又脏的油灯，好让阿拉丁卖掉它，买更多的食物。但她只一擦，一个精灵便现身。“谁拿着这盏油灯，谁就统治着我和油灯的所有其他奴隶。你的愿望就是我的命令。”阿拉丁的妈妈吓得昏了过去。

“喂我。”阿拉丁对精灵说。

精灵离开又飞快地回来，头顶上顶着一只大碗和十二个盘子，全是银器，里面满满当当的都是奢侈的食物。精灵手里还拿着两只银杯和几瓶酒。他把所有的东西放下，消失得无影无踪。

对页

第三天，阿拉丁又饥又渴。祈祷时，他无意间擦到魔法师的戒指。“你的愿望就是我的命令。”现在他面前的巨大精灵说。

妈妈醒来后看到食物，还是一头雾水。阿拉丁告诉她关于精灵的事。她以为是帮助他逃离洞穴的同一个精灵。但不是，那个是戒指精灵，这个是油灯精灵。“把那盏灯处理掉！”她说，“我们不能和精灵打交道。”

“不，妈妈，我要留着油灯，但是如果你愿意的话，我把它藏起来。我也会留着戒指。但为让你满意，我们需要找到另一种方法来获得购买食物的钱。”

第二天，阿拉丁把一个银盘卖给一个商人，这个商人是个无赖，他一看就知道阿拉丁是个傻瓜。他付给阿拉丁一枚金币。阿拉丁高兴地买够两天的食物。两天过后，他又拿着一个银盘给流氓商人。就这样，直到把十二个银盘全卖光。唯一剩下的就是那只巨大的银碗。商人用十枚金币买走。便宜得就像白给。

十枚金币没花完之前，阿拉丁在商人中间消磨时间，听他们聊天，对世事更加了解。钱用完后，他再次召唤油灯精灵。“喂我。”他说。

精灵又送来一只银碗，十二个银盘，两个杯子，食物和酒。食物吃完后，阿拉丁又拿着一个银盘去卖给流氓商人。途中经过一家金匠铺。金匠是一个诚实的商人。他拦住阿拉丁，说：“我见过你带货物去卖，你要是卖给我，我会给你一个公道的价钱。”

阿拉丁把银盘卖出七十二枚金币！这让他吃惊不已。多年来，他和母亲节衣缩食，把银盘一个一个卖掉。这段时间，阿拉丁听商人聊天，学到很多东西。他了解到家里的玻璃水果是珍贵的宝石。但他没有告诉任何人。

夏日的一天，阿拉丁听说国王的女儿要去沐浴，在她走去沐浴的路上，任何人不准看到她。阿拉丁没有像其他人那样把自己关在家里。相反，阿拉丁藏在浴室门后。他看到公主来到浴室并掀开面纱。

阿拉丁这辈子只见过一个女人的面孔，就是他的母亲。那是一张朴素的脸。但是公主很漂亮。她的眼睛闪闪发光。阿拉丁回到家，感受到爱情的痛苦。他让母亲去王宫求国王让他娶公主。

妈妈笑了。他是不是疯了？再说，即使国王允她觐见，她又怎么能说服他呢？阿拉丁没有做过任何事情配得上娶公主。一个人必须拿着奢华的礼物才能去见国王。

“妈妈，把瓷碗拿来。”阿拉丁把他在山洞里采摘的水果状宝石装满碗，“这是一份很棒的礼物。”

“但他如果问我你的财产，我说什么？有钱人只关心财产。”

“我会找到答案的。去吧，妈妈。但不要告诉任何人我们的秘密。”

阿拉丁的母亲来到王宫，和许多人一起站在议事厅里。国王坐在宝座上，听着大家的问题。阿拉丁的母亲吓坏了，她只是在那里观察一天，然后回家。她这样反反复复好多天，手里捧着那个盖着两层布的瓷碗。

国王注意到这位老妇人每天进宫，看上去非常忠顺却从不说话。一天晚上，他告诉宰相第二天把她叫到身边。当阿拉丁的母亲早上出现时，宰相吩咐她站出来。她低着头，额头触到地毯上。当国王问她为什么每天都来时，她说她儿子阿拉丁爱上了公主，想娶她。

国王对这个愚蠢的请求叹了一口气。但他很友善，问老妇人手里拿着什么。她掀开瓷碗的盖布。国王惊得闭不上嘴。璀璨的珠宝！他对宰相说：“这似乎是一个应该娶我女儿的男人的礼物，不是吗？”

宰相将嘴凑到国王耳边，低声说道：“陛下，您已经把女儿许配给我儿子了，请您推迟三个月再做决定，让我儿子有时间准备一份更有价值的礼物。”

国王怀疑三个月会改变什么。瓷碗里的珠宝价值不菲。但他不想伤害宰相的感情。“可爱的妇人，”他对阿拉丁的母亲说，“这是一份非常好的礼物。准备婚礼需要三个月的时间。告诉你的儿子到那时再来吧。”

阿拉丁的母亲几乎是飘回家的。她把喜讯告诉阿拉丁。阿拉丁数着日子、小时、分钟。

两个月后，阿拉丁的母亲进城里买油，发现街上挤满穿着礼服盛装的人，他们骑着缀满珠宝的马匹。每个人都在欢呼，因为国王的女儿当晚要嫁给宰相的儿子。她匆忙赶回家，她和阿拉丁站在那里，失去理智，感觉天要塌下来。

神灯！阿拉丁冲进房间，拿出神灯摩擦。“精灵，今晚，当新娘和新郎上床时，把他们连床一起搬到这里来。”

几个小时后，新郎爬上婚床，按照习俗，巴德露·菩德公主被母亲苏丹娜带到床前。母亲关上门，将新婚夫妇单独留在屋里。床开始激烈摇晃，升到空中。瞬间，他们发现自己和床一起来到一个陌生的年轻人的房间里，当然，这个陌生人便是阿拉丁。

阿拉丁看着精灵。精灵在床下，公主和新郎看不见。“把新郎锁在厕

所里，直到早上。然后把他带回来。”

可怜的新郎发现自己被关在寒冷、潮湿、臭烘烘的厕所里。

阿拉丁和公主一起爬上床，“别害怕，我尊重你的名声。我们睡吧。”他将剑摆在自己和公主之间，表示自己无意打扰公主，然后入睡。

可怜的公主发现自己躺在一个陌生的房间里，身边有一个明显发狂的陌生男人。她蜷缩成一个尽可能小的球，每一个声音都让她畏缩。

早上阿拉丁吩咐精灵把宰相的儿子放回床上，送回宫中。床开始摇晃，升起，然后落在原先的位置。公主和新郎不敢相互正视。

新郎跑去清理自己，穿上暖和的衣服，驱散入骨的寒意。他不知道发生的事，但也不能让别人知道。他紧张得像兔子一样开始新的一天。还得面带微笑，假装前一天晚上像新婚之夜一样过去。

然而，公主蜷缩在床上，用鬼魅般的眼睛向外张望。国王来到她身边，但她拒绝说话。国王娜来到她身边，公主再次拒绝说话。国王娜坚持。巴德露·菩德公主大哭着讲述了昨晚的遭遇。妈妈也被吓坏了，说：“你幸亏没有告诉你父亲。他会认为你失去了理智，认为你只是在做梦。”她走到窗前，打开百叶窗。“听外面的小号、鼓和手鼓，听双簧管、长笛和钹，那音乐是为庆祝你的幸福。你脸上要装出幸福的样子。做人们希望看到的事。”

那天夜里，新郎和公主再一次上床，两人都想尽力减少恐惧。但头天夜晚同样的事再次发生。早晨来临，新郎像无头鸡一样跑掉。公主啃着指甲，眼睛盯着鼻子尖。

国王在她床边跺脚。“如果你不告诉我原委，我把你的头砍下来。”他拔出剑。

公主一口气说出发生的一切。国王让宰相问他的儿子，看他是否能证实公主的故事。宰相的儿子不仅证实一切，还请求取消婚约。

王宫里的所有欢乐完全终止，城里所有的欢乐也完全终止。

国王一头雾水，这到底是什么原因造成的？他从来没有想过，原因是他自己违背了对阿拉丁的诺言。他完全不记得阿拉丁。这件事或许很难理解。阿拉丁的母亲毕竟给过他装满奇珍异宝的瓷碗。是宰相精通于说服，成功地让国王把阿拉丁和他的老母亲忘得一干二净。

一个月后，阿拉丁再次让母亲去王宫，说她在指定的时间，三个月

对页

阿拉丁的油灯精灵将婚床上的公主和新郎运到阿拉丁家里。阿拉丁将新郎打发到厕所里，自己爬上床，和公主在一起。

后——再次来到王宫，她的儿子已经准备好和国王的女儿的婚事。看到她，国王想起自己的诺言。但是那个女人穿得太破烂，他不能履行诺言。他的女儿当然不能嫁给一个穷光蛋。所以国王说："只要你的儿子能献上四十只盛满珠宝的大金碗，每一只金碗由一个仆人顶在头顶，再让同样数量的仆人伴随献礼的行列，我就会兑现我的承诺。"再怎么说，这个无理要求也太离谱。

但阿拉丁擦一擦他的神灯。第二天，国王的财富中多出八十名仆人和四十碗珍珠、祖母绿、红宝石和钻石。献礼的行列让街上的人看得目瞪口呆。金碗摆在国王座椅前的地毯上。仆人站在金碗后面，穿着配得上国王的华服。阿拉丁的母亲在国王面前鞠躬。

贪婪的国王让阿拉丁的母亲回家把阿拉丁接来，要让他在同一天举行婚礼。他没有问阿拉丁是什么样的人，善良或卑鄙，聪明或笨拙，慷慨或吝啬。那一刻，国王再一次表现出他头脑空空，只受财富左右。

阿拉丁擦一擦神灯，让精灵为他准备一个香浴，再准备最好的衣服，最好的马，配上最好的马鞍、马具和缰绳。他要来四十个身穿丝绸长袍的男仆。他要来六个穿着丝绸的女仆，手里捧着六件精美的长袍。他又要来十个钱包，每个钱包里装着一千枚金币。

阿拉丁把六位女仆和她们捧着的华服，以及四个鼓鼓囊囊的钱包交给母亲。

然后他前往王宫，由四十名仆人围绕在他的马周围，形成一个壮观的行列，其中六个人将剩下的六个钱包中的金币撒向聚拢的人群中。没有人认得出这位马背上的绅士就是那个曾经在广场上捣蛋的小痞子。这样很好，也本该如此，因为神灯的力量之一就是让它的主人获得应得的内心升华。因为阿拉丁在给镇民散钱，神灯便升华他的灵魂。他现在已经成为天下最好的人。

在宫殿里，阿拉丁正准备亲吻国王脚下的地面，国王却在他还没来得及弯下身之前便一把抱住他，和他拥抱在一起。这是一种令人惊讶的友谊之举。记住，这个国王是一个见钱眼开的傻瓜，最让他开心的是看到这些衣冠楚楚的仆人围着这个似乎在吐钱的男人。

阿拉丁和国王一起吃饭。阿拉丁请求把婚礼推迟，给他时间建一座宫殿来居住。国王同意，并送给阿拉丁靠近自己宫殿的一大块土地。

阿拉丁回到家，当然又擦一擦神灯。精灵召唤来灯内的所有其他精灵，他们都是油灯的奴隶。到早上，一座新的宫殿矗立在国王王宫的旁边，由最好的材料建成：斑岩、青金石、各种颜色的铁石英、玛瑙和大理石。顶上是一个方形房间，每边有六扇窗户，上面有一个圆顶。窗棂镶满宝石，但留下一扇没有完工。新宫殿后面有一个花园，里面有一个庭院，还有一个前院。还有厨房、储藏室、仓库、大厅、卧室、一个装满黄金的宝藏室。还有马厩，有日行千里的骏马和熟练的骑手、训练有素的马夫、许多狩猎装备。最后，阿拉丁用一块精美的天鹅绒地毯从国王王宫的正门一直铺到新王宫的正门。

当国王醒来看到这座宫殿时，高兴得头晕目眩。宰相说："一夜建成的宫殿？魔法的作用！"但国王将宰相的反应归结为嫉妒。

当天晚上举行了一场盛大的宴会，有音乐和舞蹈。然后，巴德露·菩德公主和父母吻别，走在天鹅绒地毯上来到新的宫殿，阿拉丁在那里等候她。他让精灵准备好一顿特别晚宴，用做工精细的盘子和酒杯。新郎新娘和阿拉丁的母亲一起进餐，音乐家们演奏，女生唱歌，舞者在他们周围旋转，最后，阿拉丁把新娘带到他们的婚床上。

晚上，阿拉丁对公主很温柔，赢得了她的爱，因为没有什么比被崇拜更令人无法抗拒的。

第二天早上，阿拉丁邀请国王到新皇宫用餐。国王走过大厅，惊叹于宫殿的美丽。但他问为什么顶层的一扇窗户没有完成。阿拉丁笑道："这样就可以把完成宫殿建造的点睛之笔的乐趣留给陛下。将来，每当欣赏这座宫殿时，我可以恰如其分地感恩，因为如果没有陛下的恩准，这一切都不会发生。"

国王喜欢这个想法。他召来最好的珠宝工匠，立即开始完成最后的窗棂。他没有意识到其他窗棂采用的工艺是任何人都无法做到的。工匠忙活一个月，几乎用光国王国库中的所有珠宝，但还没有完成一半的工作。

这时，阿拉丁意识到他的想法不妥当，于是他让国王的工匠停工，拆下珠宝，归还国库。然后他擦一擦神灯，让神灯精灵为窗户做窗棂。

当工匠告诉国王阿拉丁让他们离开时，国王跑来查明原因。他简直不敢相信自己的眼睛；窗棂已经完成。"你真是奇人，阿拉丁。"

但宰相什么也没说。他确信这是邪恶的魔法。

对页

阿拉丁让油灯精灵为他建起一座令人惊讶的奢华宫殿。宫殿是多层建筑，用上了最精美的珠宝和石料。宫殿离苏丹的王宫近在咫尺，让苏丹抬眼便能观赏。

几年过去，阿拉丁认识了镇上的每一个人，把金币送给需要的人。人们对他越发爱戴，在许诺中，开始用他的名字发誓。

日子一天天过去。有一天，住在遥远的家中、当初骗过阿拉丁的魔法师，无缘无故地想起他留在山洞里的那个倔强的男孩阿拉丁。他拿出研究风水用的方盒，把里面的沙子抹平。然后把一把鹅卵石扔到空中，研究它们落到沙子上形成的图案。这是什么！阿拉丁没有死，相反，他成为富人，娶了公主。

肯定是神灯的作用。那个蠢孩子发现了神灯的魔力。魔法师骑上马，日夜兼程，月复一月，来到阿拉丁居住的小镇，在最好的公共客栈找到一个房间，他四处走动，发现新的宫殿。这样辉煌的宫殿只能是精灵建造的。他从路人那里得知阿拉丁正在狩猎旅行。很好。阿拉丁不在家。这可是魔法师的好机会。

他来到一家商店，定做了十二盏油灯，擦得发亮。第二天他穿过镇子，叫卖："灯，灯，灯，来交易吧。用你家的旧灯换我的新灯。"人们嘲笑他。这样的交易毫无道理。

公主的一个丫鬟听到叫卖声，想到阿拉丁放在架子上的那盏旧灯，如果他们做成交易，不是可以给阿拉丁一个惊喜吗？公主同意了，派一个男仆出去换灯。

魔法师当然没见过神灯，但他毫不怀疑，这位宫殿仆人手上拿着的那盏旧灯就是神灯，他做完交易，跑出城外，穿过荒野，来到一处僻静之地。他擦一擦神灯。

精灵立即出现："谁拿着神灯，谁就统治着我和神灯的所有其他奴隶。你的愿望就是我的命令。"

"把我和整个宫殿，连同其中的所有人，一起运到我的国家。"

刹那间，一切都完全按照魔法师的吩咐进行。

国王从窗边走过，漫不经心地往外瞟一眼，揉揉眼睛，大叫起来。宰相赶紧跑过来。"你能看到我女儿和阿拉丁的宫殿吗？"

"它消失了。"宰相一拳砸在掌心，"我就知道这里有魔法！"

"把阿拉丁抓来。我要砍掉他的头！"

于是，骑兵赶到乡下把阿拉丁围住，拴上铁链带回王宫。城里的人看到阿拉丁被这样绑着，非常气愤。这是他们的英雄，他们要求释放阿拉丁。

卫兵在宫门口拦住镇民，把阿拉丁带进宫殿前院。外面的人群大喊大叫，他们拿起武器要冲进宫殿。

“你如果杀死阿拉丁，”宰相说，“要冒很大风险，陛下。人们爱戴他。”

国王吓得浑身发抖，人群越聚越多。他转向他卫兵：“告诉人们，我赦免阿拉丁。”

于是守卫给阿拉丁松绑，人群也散去。

阿拉丁站在王宫外，向国王喊道：“你不告诉我犯的什么罪吗？”

“到上面来，我让你看。”国王喊道。阿拉丁进入王宫，爬上楼梯，来到阳台上。国王用手指在空中一指。“看到了吗？”

阿拉丁眨眨眼。“我的宫殿在哪里？”

“更重要的是，我女儿呢？”

阿拉丁双手抓住头发，站在那里前后摇晃摇晃。他怎么会失去他所爱的女人？“给我四十天时间去寻找我最亲爱的公主。如果不成功，你再杀我，反正我也不想活下去。”说完，他冲出王宫。

他向每个人询问公主的下落。没有人能帮他。他在乡间闲逛。绝望压

国王看到女儿居住的辉煌宫殿不见了。宰相的怀疑得到证实：阿拉丁与魔法合谋。

垮了他。他不吃也不睡。他在河边停下来凝视着河水。唯一的解决办法是溺水自尽。

不过，首先，他要祈祷。他走下通往河流的陡峭斜坡，在那里他会在祈祷前洗个澡，但他的脚下一滑，撞到一块岩石上。在这个过程中，他不小心摩擦到自己的戒指。戒指精灵现身。

阿拉丁已经忘记戒指的法力，因为神灯多年来一直能满足他的需要。“哦，美妙的精灵。把我的宫殿和我的妻子搬回来。”

“我只是戒指的奴隶。你必须向灯的奴隶提出这个要求。”

“那带我去我的宫殿。把我放在我爱妻的窗下。”

片刻之后，阿拉丁发现自己来到他熟悉的宫殿外面。那是最黑暗的夜晚。他疲惫不堪地倒在地上。黎明时分，他醒来，抬头看着公主的窗户。自从他被国王逮捕以来，他的头脑第一次清晰起来。他现在意识到，这座宫殿是被他那盏旧油灯的魔力带到这里的。油灯被人发现。他的内心因恐惧而冰冷。如果不是那个假冒自己叔叔的魔法师，还能是谁?

当公主出现在窗口时，阿拉丁呼唤她。她高兴地让仆人打开她房间下面的暗门，让阿拉丁上来。他们的泪水混在一起。阿拉丁解释他认定发生的事情。公主向他讲述了换油灯的交易，以及魔法师如何经常随身携带那盏旧灯。他每天都来看她，想让她嫁给他，但她不会和他有任何关系。

阿拉丁脑海中形成一个计划。他走出暗门，找到一个农民和他交换衣服。然后他走到街上，找到药店，买来一种特殊的粉末。他回到公主身边。“相信我。我需要你做一件让你厌恶的事情。但最终会有好结果。”

公主按照阿拉丁说的去做。她沐浴，涂上香水，让女仆把她的头发整理得很漂亮，穿上她最漂亮的衣服，全身戴满珠宝。魔法师进来，她对他甜甜一笑。

魔法师踉跄后退几步。“你态度的转变……啊，公主……让我吃惊。”

“我是一个务实的人，”公主说，“我已经面对阿拉丁现在已经死去这一事实。我父亲肯定已经杀死了他。今天我为他做过临终仪式，做一个寡妇应该做的一切。现在我必须展望未来。”她向他郑重地点点头，“与你。”他也点点头，脸上满是喜悦。“我预订了一顿特别的晚餐，”公主说，“我们也应该喝葡萄酒。我希望我能提供最好的当地葡萄酒，但我只有老家的酒。”

“我的储藏室里有很棒的当地葡萄酒，”魔法师说，“我去拿来。”正如公主所希望的那样，他疾跑而去。

她拿出两只高脚杯，把阿拉丁在药店买的药粉放进其中一只。魔法师回来的时候，公主把她放在一边的两只高脚杯拿过来，把空的递给魔法师，那只有药粉的留给自己。她把酒倒入两人的酒杯，端起自己的酒杯，凑到唇边。她中途停下来，仿佛若有所思，说：“在我的国家，恋人喝酒时，他们交换酒杯。你来喝我的，我喝你的，好吗？”

魔法师一掌拍在心脏上。“我做梦也没想到我们能找到这样的幸福。”

他们喝下酒，魔法师喝下毒粉，倒地而死。

阿拉丁走上楼梯，在魔法师的衬衫里找到神灯。他擦一擦，吩咐精灵将宫殿搬回原地。不一会儿，他们就被搬回到原地。刚到不久，国王便跑进来，又惊又喜。阿拉丁将魔法师的尸体扔进粪堆喂野兽。整个小镇举行了十天的庆祝活动，庆祝阿拉丁和巴德露·菩德公主的归来。阿拉丁手指上的魔戒第二次救了他。

不久之后，外出旅行的魔法师的弟弟回到家中，准备参加和哥哥一年一度的团聚。魔法师没有如约而来，弟弟怀疑他有麻烦。他也精通风水。他拿出盒子，把沙子弄平，然后投掷鹅卵石。沙子里的图形很清楚：魔法师已死，是被人毒死的。这个人娶了国王的女儿。他立即踏上复仇之路，穿越沙漠、河流、平原、山脉。当他到达阿拉丁的城镇时，他四处走动，试图找到刺杀他的办法。

他听说一个名叫法蒂玛的女人，非常虔诚，治病手到病除。他们说她只在某些日子里出来，但如果他耐心等待，他一定能见到她。他没有等。当天晚上便去了她家，用匕首抵住她的喉咙。“醒醒，老妇人。不要尖叫。”法蒂玛睁大眼睛。“你帮我一个忙，我不会伤害你。和我交换衣服。然后把我的脸画得像你。”法蒂玛按照魔法师弟弟的吩咐做了。她甚至把她一直戴着的长串珠子也戴在他身上。之后魔法师还是将她勒死，把她的尸体扔进了蓄水池。

早上，他穿着法蒂玛的衣服出门，头上蒙着面纱。人们惊讶地看到法蒂玛，她通常待在家里一天都不出门。他们争先恐后地围拢过来，求她让他们的伤口愈合，让热度退下来，让咳嗽消失。

公主在屋子顶层的房间里听到街上的嘈杂声，让仆人把圣女请上

对页

布杜尔公主假装准备嫁给魔法师。他们像恋人一样，对饮时交换酒杯。魔法师因喝了下在酒杯里毒药而死。

治愈力

一位中世纪的治疗师正在调制药水和药膏。

这个故事中的女人法蒂玛以非常虔诚而著称。正是这一特点使她成为一名治疗师。从古代到中世纪——在某些地方一直到现代——我们发现人们相信治疗师的能力来自对神灵的虔诚，甚至是与神灵的合作。这种信念不限于某一个社会或社会类型，而是遍及世界各地。

来。当假法蒂玛出现时，巴德露·菩德公主发现她很迷人。她恳求法蒂玛和她住在一起。她为法蒂玛提供了一顿美餐，是皇家仆人喜欢的美餐。

但假法蒂玛怕揭开面纱吃饭，会被公主发现自己是男人伪装的。所以她只要求面包和干果，让她可以在公主给她居住的房间里独自进食。假法蒂玛环视顶楼，说道："这间屋子不错，就是缺少点什么。"

这位谦逊、圣洁的女人竟然批评这间华丽的房间，公主感到吃惊。不过，她还是问："还缺少什么？"

"你知道大鹏鸟吗？你需要找到这种鸟，把它的蛋挂在天花板的中央。"假法蒂玛说完便回到她自己的房间。

阿拉丁打猎完提早回到家里。他发现公主望着天花板，沉思道："大鹏鸟的蛋是不是这个房间的完美补充？可以挂在这里。看！"

阿拉丁从未听说过大鹏鸟。但他想满足公主的心血来潮。他走下楼梯，擦一擦神灯，吩咐精灵在天花板中央挂一个大鹏鸟蛋。

"什么！"精灵的脸因愤怒而扭成一团。"你怎么敢把我的主人吊在天花板中央。我应该为此毁掉你。但我知道是魔法师的弟弟向你妻子提出的这个建议。他扮成被他杀死的圣女法蒂玛来到宫殿。所以这不是你的错。我会让你活下去。但你要警惕。那个人决心要杀死你。他还在你家。"

阿拉丁再次爬上楼梯，一只手按在额头上，大声呻吟。"啊，我最亲爱的公主，我头好疼啊。"

公主抱住他。"你很幸运，圣女法蒂玛正住在这里。她能治好你的头痛。"公主派仆人去接法蒂玛。

假法蒂玛冲进房间，准备用匕首刺死杀了他哥哥的凶手。

阿拉丁动作更快。他在假法蒂玛刺他之前刺中他。公主发出惊恐的尖叫。阿拉丁向她解释了一切。

几年后，国王去世。公主作为继承人将所有权力移交给她的丈夫阿拉丁。他们有许多孩子，幸福地统治着国家。

山鲁佐德气喘吁吁。这个故事讲得太久。

"我喜欢这个故事。"迪纳尔扎德说。

"阿拉丁几乎死过三次，"沙赫亚尔说，"精灵救了他。""通常四是一个特别数字，"山鲁佐德说，"但在这个故事中是三。"

“就像三对我们来说可能很特殊。你看，两个儿子躺在这张床上。”沙赫亚尔把手放在山鲁佐德的肚子上，“也许第三个即将到来？”

很可能。山鲁佐德最近一直感到恶心。尽管如此，她还是对沙赫亚尔的观察力感到惊讶。有时他表现得像一个正常的丈夫，一个与妻子一起计划生活的人。

这一切离正常有多远呢？

沙赫亚尔将手轻柔地放在妻子的腹部。他似乎能感觉到第三个婴儿正在生长。山鲁佐德怀抱两个儿子，内心在思量谜一样的丈夫在想什么。

第九百九十二夜

鞋匠马鲁夫的故事

山鲁佐德手掌托着新生儿的屁股。孩子真是一团热乎乎的爱。她向婴儿的面颊吹凉气。这个儿子吃奶很专注，吸鼻子，吸鼻子，吸鼻子。还好，他发出的噪声不影响他的两个哥哥。老大正倚在小姨的怀抱中；老二正四肢摊开在他父亲的胸脯上。“姐姐？”迪纳尔扎德说。沙赫亚尔把手轻轻放在吃奶的婴儿的额头上，然后轻抚山鲁佐德的脸颊。“当然。”山鲁佐德说。

到现在，你们一定还记得那个可怜的鞋匠马鲁夫吧。他和妻子住在开罗。他的妻子酷爱库纳法甜点。这种糕点浸泡在蜂蜜里，是所有糕点中最好吃的。每当他买不起的时候，她便扇他嘴巴。他太怕她，甚至在糕点店外面哭鼻子。店家可怜他，为他做了一个库纳法。不巧的是，面包师的蜂蜜已经用完。他把糕点浸在糖浆里，是一种简单的糖浆。店家很慷慨，给马鲁夫奶酪和面包，告诉他先欠着，以后再付钱。

妻子登阁·法提玛怒不可遏。据她说，与蜂蜜相比，糖浆就是垃圾。她冲他大喊大叫，吵得邻居过来劝她说：“那是很好的糕点。吃掉它，然后闭嘴。”登阁·法提玛不听劝，继续诅咒马鲁夫。早上，马鲁夫去清真寺做礼拜，然后打开店门。两名官员出现在他面前，将他带到法官面前，因为他的妻子将他告上了法庭。他和官员一起来到法庭，发现妻子手臂上缠着绷带，面纱沾满血迹。她声称他打断她的手臂并打掉了她的牙齿。

马鲁夫惊呆了，赶紧解释到底发生过什么。法官是个好人，

前页

马鲁夫的妻子对他如此不堪，让住在断壁残垣里的精灵心生怜悯，要满足他一个愿望。马鲁夫自然希望能逃离妻子。

想要他们和解。他给马鲁夫钱，让他买蜂蜜做的库纳法。警官随后要他为他们的服务付费。唉，他不得不卖掉工具来付钱，当然，没有工具他也就无法工作。这件事刚完，妻子又把他告上法庭。而且一次比一次糟糕，直到妻子告到高等法院。事态很严重！法警来抓他。马鲁夫赶紧逃跑，甚至不知道要逃到哪里。

暴风雨来临，鞋匠淋得透湿。他躲进一座废弃的建筑，靠在破败的墙壁上哭起来。突然，一个身材高大、模样怪诞、幽灵般的身影站在他面前。“我是墙中的精灵。你看起来很可怜，所以我会满足你的一个愿望。”马鲁夫请求将他带到很远的地方，让他免受妻子的诉讼对他造成的伤害。

说到做到，他发现自己已经站在了一座山顶上。他下山来到山下的城市。人们嘲笑他的奇怪服装，问他是从哪里来的。马鲁夫说：“我刚刚离开开罗。”人们又嘲笑他是骗子，因为开罗离这里有一年的路程。

此时，一个商人走过来，要聚集的人群散去，不要再取笑陌生人。然后他把马鲁夫带回家，给他衣服穿，给他饭吃。商人问他真正来自哪里。当马鲁夫再次提到开罗时，他问马鲁夫是否认识开罗的一位药剂师，原来这位商人也是开罗人。马鲁夫说认识，因为这位药剂师碰巧是马鲁夫的邻居。商人问药剂师的孩子怎样。马鲁夫讲述其中两个儿子的情况。其中一个是他儿时玩伴，叫阿里。他们在一起做孩子气的恶作剧。他父亲因此惩罚他，他便离家出走了。商人拥抱马鲁夫：他正是失散多年的阿里。

阿拉伯美食

库纳法是一种由稀面糊和蜂蜜制成的甜点。

这个故事中的传统糕点可以追溯到13世纪的叙利亚和西班牙。在接下来的四百到五百年间，奥斯曼帝国从土耳其向西北蔓延到欧洲，沿地中海一直到斯洛文尼亚，向西南穿过与地中海接壤的北非土地，一直延伸到摩洛哥。它也向东传播到里海。这解释了不同文化之间烹饪的某些相似之处，尽管普通菜肴的地方差异比比皆是。

山鲁佐德陷入沉默。她原以为自己再也不会对黎明心存感激，但这些天她精力很差。作为三个男孩的母亲——一个蹒跚学步、一个刚会爬和一个新生儿——她要付出代价。沉默的感觉真好。迪纳尔扎德没有说话。

“阿里在那里是一个难得的巧合。”沙赫亚尔说。

“当妻子很糟糕时，这正是一个男人所需要的，一个幸福的巧合。”他伸手搂住妻子，将她搂在怀里进入梦乡。

第九百九十三夜

鞋匠马鲁夫的故事续篇（一）

今晚没有人睡得很好。炎热让他们焦躁不安。那么为什么要等待迪纳尔扎德叫她呢？山鲁佐德把三个儿子安置在肚子上，像一窝小狗一样。她开始讲。

来自开罗的鞋匠马鲁夫现在来到一片新的土地，他很感激偶然遇到他儿时的朋友阿里。他给阿里讲述他来到这里的原因。

之后，阿里给马鲁夫讲述自己的故事。他刚来到这座"无诈城"时，只是一个钱包瘪瘪的男孩。他告诉人们他是商人，他的货物随后就到。他请求他们给他清理出一个可以存放货物的地方，并在货物到达之前借钱给他。这里的人们慷慨、值得信任，真的按他的请求办。阿里用钱买货，然后在市场上卖。没过多久，他的收入便足以偿还债务，剩下的钱可以让他成为真正的商人。现在他是一个受人尊敬的商人，有很多朋友。"虚张声势是诀窍。如果你告诉人们你的真相，你是从一个恶毒的妻子那里逃出来的，人们一定会把你当成笑柄。但既然他们不认识你，你可以告诉他们任何你想说的东西。说的时候要带有自信的语气。无论你说什么，我都会支持你。"

马鲁夫认为这样做是明智的。

第二天，阿里给马鲁夫一千第纳尔，一头骡子供他骑，还有一个仆人在前面引路。马鲁夫骑着骡子慢慢地来到商贸市场。阿里已经来到。当马鲁夫走近时，阿里从他的朋友圈里跳起来，说："今天真是一个好日子！这是我的朋友马鲁夫，一位非常成功的商人。"

他不停地讲述马鲁夫是多么慷慨和富有。

然后他问马鲁夫是否有黄色的布，这是一种城里非常珍贵的织物。马鲁夫按他们事先约好的对答起来："我有成匹成匹的。""他有没有羚羊血红色的布？""成匹成匹的。"马鲁夫说。他有成千上万的布料，都在随后便到的仆人那里。

当他们坐在那里时，一个乞丐走过来。马鲁夫给他一把金币。又一个

乞丐走过来，跟着又来一个。每个乞丐都得到一把金币，直到一千第纳尔都送了出去。马鲁夫感叹他只带这么少的钱。如果另一个乞丐出现，他怎么办？他不忍让乞丐空手而去。阿里的一个朋友借给马鲁夫一千第纳尔。马鲁夫又把这笔钱送了出去。乞丐和商人都对他的慷慨感到惊讶。商人们一个接一个地借给马鲁夫一千第纳尔，他又全部散了出去。到下午祈祷时，马鲁夫已经借到五千第纳尔，又全部散发掉了。

第二天又重复第一天的事。然后是第三天，一直这样持续到第二十天。马鲁夫已经借到六万第纳尔，并将每一枚硬币都分给乞丐。他的货物，当然并不存在，还没有运到。阿里警告马鲁夫，他把自己的角色演得太好。这么大一笔钱，他到底怎么还，为什么还要一直散发呢？但马鲁夫告诉他："别担心。等我的货到之后，我会双倍回报每一个借钱给我的人。"

"你疯了吗？"阿里说，"你没有货。"

"我当然有。"马鲁夫说。

轮到阿里开始担心那些借给马鲁夫钱的商人会因为他把马鲁夫介绍给他们而生他的气。他告诉他的商人朋友，如果出现问题，他们不能责怪他，因为他从未建议他们借钱给马鲁夫。

早晨到来，谢天谢地。山鲁佐德停下来。她再次筋疲力尽。

"虚张声势也许是个好把戏，"沙赫亚尔说，"但我同意阿里的看法。这个马鲁夫做得太过火。他要把事情搞砸。"

"真的？"山鲁佐德说，"他做了什么？他不过是从富人那里拿钱分给穷人？"

沙赫亚尔噘起嘴。

对页

阿里为马鲁夫出主意，让他假装成富商，以便受人尊重，愿意和他做买卖。于是，马鲁夫从富人手中借来钱并转手悉数散给穷人。

第九百九十四夜

鞋匠马鲁夫的故事续篇（二）

马鲁夫做得太过火吗？山鲁佐德也因此做得太过火吗？妹妹保持沉默，这不是一个好兆头。这孩子一定同意山鲁佐德的丈夫。啊，好吧，她能做什么？她现在已经陷入这个故事的泥潭里。她必须有信心，要设法扭转局势，让国王满意。第二天晚上，她从上次停下的地方开始。

马鲁夫的货没来，借钱给他的商人都怕他是骗子。他们请求国王救他们。国王听完对马鲁夫行为的描述。这人似乎不是坏人。他似乎是一个有无尽财富的人。宰相不同意。马鲁夫肯定是个骗子无疑。

国王决定测试马鲁夫。他将他召入王宫，将一颗宝石放在他的手中。他让马鲁夫辨认并说出它的价值。有钱人做得到，穷人不行。马鲁夫碾压宝石，将它压碎。“这不是宝石，”马鲁夫说，“而是一种矿石，只值一千第纳尔。”国王眨眨眼。怎么会有人认为一千第纳尔是一笔小数目呢？

“真正的宝石，”马鲁夫说，“价值七万第纳尔。当我的货物来到时，我会献给你真正的珠宝作为礼物。”

高兴的国王被说服。很快，他告诉宰相他要将公主嫁给马鲁夫。宰相仍然反对。但国王指责他嫉妒，因为宰相曾提出要娶公主，而公主拒绝了。宰相别无选择，只能去问马鲁夫是否愿意娶公主。马鲁夫表示愿意；他的货物一到，他们就结婚。这样，他可以按照公主应有的身份在公主身上倾注财富，也可以按照公主丈夫应有的身份向穷人布施。

前页

国王怀疑马鲁夫在玩把戏，要对他进行测试，让他判断一块宝石的价值。马鲁夫将宝石碾碎，说宝石不值钱。

不过，国王不允许耽搁。毕竟，他的国库已经盈满。马鲁夫可以使用国王的钱，直到他的货物到达。

婚礼庆祝活动持续四十天。马鲁夫向他遇到的每一个人施舍金子，因而赢得了民众的喜爱。他给政府官员赏赐荣誉长袍，又分发礼物，因而赢得了富人的喜爱。最重要的是，他赢得了公主的爱。一切都进展顺利。

时间流逝，马鲁夫的货物却从未出现。与此同时，马鲁夫继续慷慨解囊，直到国王的国库几乎耗尽。宰相告诉国王马鲁夫会给他们所有人带来灾难。于是国王把女儿叫来盘问。毕竟，如果有人知道马鲁夫的真相，那就只有公主。公主只知道马鲁夫向她许诺，财富即将到来。国王让她和马鲁夫坦率地交谈。公主同意了。

那天晚上，公主称马鲁夫是爱的激情之火。她紧紧地抱住他，恳求他告诉她真实情况。马鲁夫说出真话，包括每个细节。他承认他不知道如何从所有谎言中解脱出来。

公主告诉他，父亲怀疑他，而且肯定会处死他。然而她爱马鲁夫，她从来没有想过女人会像她那样爱一个男人。她给他一匹马和五万第纳尔的私房钱，让他逃跑。马鲁夫向公主保证，一旦找到安全的住所，他会派人捎信来。她许诺，等她父亲去世，她会派人去接他，他可以当国王。

山鲁佐德对着窗外的光线举起手。她已经知道今天的太阳会格外灼热。

“今天和我们一起待在屋里吧，丈夫。”

“我有公事在身。”他平静地说，声音沙哑。

“你听起来很伤心。”

“马鲁夫，他是个恶棍，但公主崇拜他。对她来说，他是爱的激情之火。”沙赫亚尔垂下下巴，眼睛探寻地看着妻子的眼睛，“我对你来说是什么？”

“我心之搏动。”

沙赫亚尔笑了，说：“好。”

鞋匠马鲁夫的故事续篇（三）

“我很高兴马鲁夫并不是真疯，”迪纳尔扎德说，“我担心他真的认为他的货要来。毕竟，借了这么多钱，又把所有的钱都散出去了，不考虑清算日迟早要来，这让他看起来很糊涂。”

“我同意。”国王说。

“但骑马逃离并不能解决问题，”迪纳尔扎德说，“借钱给他的商人们怎么办？”

“还有国王的国库枯竭。”沙赫亚尔说。

“我怎么和这么心急的人生活在一起！”山鲁佐德说，“往下听吧。”

鞋匠马鲁夫打扮成国王的仆人，骑着公主的马出城。早上，公主带着一封她说是马鲁夫的仆人送给她的信去找她父亲，但那封信当然是她自己写的，因为她受过教育。这封信宣称它来自马鲁夫的五百仆从。他们遭到贝都因人的袭击，被抢走二百担织物，被杀死五十人。

公主说，马鲁夫很困惑：他的仆人怎么会愚蠢到为仅仅二百担织物而和匪徒搏斗？他们应该把货物交给贝都因人。哦，这位公主和马鲁夫本人一样是个骗子！她说她从窗户里看到马鲁夫冲出去和剩下的人会合，她看到那些来送信的仆人。他们的长袍像月光一样闪闪发光，比国王的任何东西都要华丽。

国王相信女儿。笨蛋宰相真是大错特错。是的，是的，所有人都应该耐心等待马鲁夫回来。

与此同时，马鲁夫骑得很快，身后留下一道道眼泪。他很痛苦。是的，他想活下去，但是离开可爱的妻子、他的甜心是多么痛苦。他骑了一夜，一直到中午才停下来。他看到一个农夫正赶着两头牛在耕地。农夫看一眼马鲁夫悲痛欲绝的脸，叫他休息一下，然后跑回村里取食物，和他分享，帮他恢复。

马鲁夫坐下来休息片刻，他意识到农夫放弃手头的劳作来帮助一个陌生人，于是他拿起犁继续耕地。片刻之后，牛就停下来不再前行。马鲁夫

检查犁。怎么回事？它被一个金戒指钩住。他清除污垢，发现戒指嵌在一块大理石板上。他用力推石板，直到石板移动到足以让他看到石板后面的台阶通往下面。他下到一个巨大的地下大厅，里面有四个侧室：一个装满黄金；一个装满祖母绿宝石、珊瑚和珍珠；一个装满镶嵌着绿松石、蓝宝石和红锆石的珠宝；一个装满钻石。大殿内，有一个装满他不认识的宝石的水晶宝箱，最上面是一个手掌大小的金盒子。

他打开它。一个金戒指躺在那里，上面刻着优美的文字。为了看得更清楚，他擦一擦。

“主人，你的愿望是什么？”一个声音传来。

“你是谁？”马鲁夫问道。

“我是戒指的仆人。我会听从你的指令去做任何事情，不管你有多少困难，因为我是精灵之主，我指挥着成千上万个精灵。”

太阳温暖着山鲁佐德。她的一根手指伸进她二儿子的卷头发里。

“我认为这个鞋匠是个傻瓜，”沙赫亚尔结结巴巴地说，“然而现在命运似乎要光顾他。也许他还是有一些实质性的东西。毕竟，他明白一件事，这使他显得很聪明。”

“是什么，亲爱的丈夫？”

“他知道他的妻子是他的甜心。”

山鲁佐德屏住呼吸。

“你是我的甜心。”沙赫亚尔说。

有可能吗？前一天的黎明，当山鲁佐德说沙赫亚尔是她心之搏动时，她的意思是字面意思，因为他决定她的生死。但也许她也有另一层意思。他的话融化了她。她将鼻子贴在他的脸颊上，呼吸着从这个男人身上散发出来的男性气息、坚果味和木香味，她意识到这种气味包裹着她的灵魂。

对页

马鲁夫在无意间发现一个藏满财宝的地下洞穴。洞穴里有一个金盒子，盒子里有一个金戒指。当马鲁夫擦拭戒指时，一个精灵出现在他的面前，准备好听从他的差遣。

第九百九十六夜

鞋匠马鲁夫的故事续篇（四）

“我在等，亲爱的妻子。”

山鲁佐德的脸颊发烫。

这是迄今为止所有九百九十六个夜晚中唯一一次，沙赫亚尔是第一个要求故事继续进行的人。她一定不能让他失望。

马鲁夫盯着精灵说：“请多介绍你自己。至少告诉我你的名字。还有，这是什么地方？”

“我是阿布·萨阿达特。我的主人是萨拉丁。他活着的时候把财宝放在这里。你手上的戒指就是他的。你的愿望就是我的命令。”

所以这笔财富真的不属于任何人。马鲁夫几乎喘不过气来。“你能把这些宝物搬到地面吗？”

“当然。”精灵隐身，取而代之的是两个男孩。他们动作敏捷地用篮子将财宝全部运到地面上。不到一小时，大厅和房间都清理得像骨头一样光秃秃的。

精灵再次现身。“接下来做什么？”

“那两个了不起的男孩是谁？”

“我的儿子。我觉得这个任务太简单，无须召集我的精灵宿主。”

马鲁夫在原地跳起舞来。“你能把财宝装进箱子放在骡子背上吗？”

“自然。”精灵大声回答，他的八百个儿子立刻现身。“你

前页

精灵把七百个儿子变成骡子。然后又让另外一百个儿子将财宝装进箱子，架在骡子背上。

们七百人必须变成骡子。其余的人必须打扮成仆人，把宝物装进这些箱子里。”说话间箱子出现。“然后把它们放在骡子背上。”精灵随后召唤其他强大的精灵，让他们变成配着嵌金马鞍的骏马。

“我还需要成捆的织物。”马鲁夫说。

“织物来自罗姆、印度、波斯、叙利亚，还是埃及？”精灵问道。

“一个地方一百包，每包一头骡子。”

“天亮前一切都会准备好。”精灵说。然后他变出一顶帐篷，在帐篷里的桌子上摆满食物。

去村里取食物的农夫此时正好回来。他端着一碗少得可怜的小扁豆汤给陌生人，提着一袋大麦给牲口。他目瞪口呆地看着眼前的帐篷和背上背着宝物箱子的骡子。

“欢迎归来，”马鲁夫说，“让我吃你好心取来的小扁豆汤，你吃这张桌子上的食物。”他们就这样分享食物。马鲁夫吃完小扁豆汤后，把碗里装满黄金。“这是对你的热情好客表示的微薄谢意。你来城里时，请到宫殿来拜访我，我来招待你。”

舞女给马鲁夫提供娱乐，直到他睡着。早上，数百头骡子驮着数百包织物来到帐篷前，前面有四人抬着轿子。里面全是奢华的长袍。这样马鲁夫就可以带着比以往任何时候都更加奢华的队列回到宫殿。

马鲁夫给精灵一封信，让他以信使身份抢在前面，把信带给国王。精灵转身而去。

片刻之后，精灵冲进国王的宫殿。国王正在向宰相讲述他多么担心马鲁夫可能被贝都因人杀死，而宰相则回应说马鲁夫是一个彻头彻尾的骗子。他们被信使吓一跳。

“陛下。”精灵说道，“这是你女婿的信，他很快就会带着货物和随从到达。”

“我没告诉你吗？”国王对宰相说，“恶棍是你，不是马鲁夫。”他命令将城市装饰起来，欢迎马鲁夫的到来。

山鲁佐德慢慢地倒向枕头里。

“黎明来得太早，”迪纳尔扎德说，“马鲁夫的妻子现在会怎么想？”

游牧民族与城市居民

一个贝都因人牵着骆驼穿越沙漠。

在4世纪到6世纪，商队贸易由贝都因人保障。贝都因人是一个不属于任何定居社区的游牧民族。他们将城市生活视为一种威胁，并努力将许多地区归还牧场。贝都因人一直坚持多神教的信仰，坚持部落的生活方式和习俗。今天，贝都因人保留着他们大部分的诗歌、音乐、舞蹈和饮食文化，但很少有人游牧。

"宰相会怎么样？他已经尽力。而且，事实上，他是对的。没有人可以预测这种情况何时会得到纠正。"

"我们必须等到明天晚上才能听到更多故事吗？"迪纳尔扎德问。

但山鲁佐德闭着眼睛。

第九百九十七夜

鞋匠马鲁夫的故事续篇（五）

山鲁佐德把二儿子抱在膝盖上轻轻摇着。他肚子疼，压力和活动让小家伙感到舒适。她知道她的声音也会让他安静，所以没有等到邀请就开始讲故事。

国王急忙把她丈夫回来的好消息告诉女儿。公主不知道该怎样想。她带着同样的喜悦和焦虑等待着。

马鲁夫儿时的朋友阿里也是百感交集。他祈祷马鲁夫不要为接下来发生的任何事情感到羞耻。

然而，商人们非常高兴，因为他们最终会得到回报。

远远地，马鲁夫爬上轿子，朝皇宫进发。国王和他的随从到半路上欢迎他。看到马鲁夫的所有马匹、骡子、仆人和货物，国王欣喜若狂，财富给他留下无穷无尽的印象。他们会合在一起，形成一个巨大的游行队伍返回镇上。

商人们欢呼起来。阿里抓住时机贴在马鲁夫的耳朵祝贺他摆脱骗局造成的困境。他的慷慨表明他配得上成功。

马鲁夫进宫后，货物就一包一包、一箱一箱送到他面前。他把宝物分送给所有仆人。他双倍偿还商人借给他的钱。他给穷人钱，给士兵宝石，把王室的宝库装满。

国王说："小心留一些给自己，马鲁夫。"

但马鲁夫没有理会。毕竟，精灵阿布·萨阿达特总可以为他带来更多他想要的任何东西。

整个王国没有一个人不为他的慷慨而动容。

最后，马鲁夫去私室与妻子相见。她吻他，开怀大笑，但她的眼神却是平静的。“你很富有，我的丈夫，超出任何人的想象。然而你告诉我这都是骗局。你说你身无分文，不知道下一步该做什么。你是在玩弄我吗？还是你在试探我对你的爱？”她的眼里噙满泪水，因为任何一个回答都会伤害她。

“我永远不会玩弄你。”马鲁夫双手握住她的手回答道。她问的问题他都没有回答，现在不是解释的时候。“你证明自己的真诚。你真心爱我，不顾世俗。诚信在你身上闪耀。从来没有人像你一样对我如此珍惜。”

马鲁夫找到一个独处的机会，他擦一擦戒指，精灵出现。他请求精灵为他心爱的妻子准备一身长袍，配上从头发到脚的珠宝，一条镶有四十颗宝石的项链。精灵把他要的东西拿来。马鲁夫将它们送到妻子面前。哦，公主是多么喜欢呀，尤其是金脚链。但她宣称它们太奢侈，不适合日常使用。她会把它们留到节日时再穿。当然，马鲁夫不同意。他说他会让她在节日里穿得更好。公主的丫鬟见公主打扮得漂漂亮亮，都倒吸一口凉气。马鲁夫让精灵也为她们所有人带来长袍和珠宝。

当宰相看到仆人穿得比世界上任何地方的大多数王室都要好时，他去找国王。“你一定要听我说，这种财富源于魔法，不然怎么可能？请听我说，我们必须邀请马鲁夫和我们一起喝酒，等我们把他彻底灌醉，才能让他告诉我们真相。”

国王的嘴角疑惑地扭曲起来。

“必须这样，陛下。”宰相说，“现在人人都爱他。如果他决定要推翻你，恐怕连军队都会听从他的指挥。你不能不理睬我。”

白天的第一滴汗珠在沙赫亚尔急切的脸上闪闪发光。山鲁佐德沉默。

“所以说到底，宰相会赢。”国王说。

山鲁佐德笑了。“随便你猜，但故事要等到明天晚上。”

对页

马鲁夫让精灵拿来精美的长袍和珠宝给他的爱妻。妻子对他忠贞不二。这是他能想到的报答妻子最好的办法。

第九百九十八夜

鞋匠马鲁夫的故事续篇（六）

“你知道我们在等，山鲁佐德。”沙赫亚尔说。

“关键是，稍等片刻可以帮助你更好地享受故事。毕竟，期待会增强感情。”

“你真是一个天才。”

山鲁佐德笑了。如果他不相信，只是在奉承她，那真是太好啦，真的。但是如果他真的相信，她难道会设法让他不信？她不再耽搁，立即开始讲故事。

国王和宰相正在讨论第二天怎样设陷阱圈住马鲁夫。但第二天早上，国王的仆人哀叹着跑来：马鲁夫的骡马和仆人都不见踪影。很明显是仆人偷走了牲畜！

当然，他们谁也没有猜到，马是精灵，骡子和仆人是精灵的儿子，都是伪装的。

国王感觉怪异。这种事怎么会在没有人注意的情况下发生呢？这么多牲畜和人肯定不可能不弄出声响惊动人。他怀着惊恐的心情看着马鲁夫出现在面前，询问王室仆人为什么看起来如此没精神。当马鲁夫得知牲畜和仆人失踪的消息时，他并没有惊慌失措。当然，那些精灵和阿布·萨阿达特的儿子们必须回到他们原来的地方。和往常一样，他一整天都忙碌着，一如既往地心情愉快。

没有任何反应更让国王感到不安。当然，宰相是对的。这个人一定是个魔法师。于是他邀请宰相和马鲁夫和他一起去花园。国王的花园像天堂一样，果树间流淌着小溪，鸟儿在鸣叫。

前页
诡计多端的宰相给马鲁夫劝酒。很快，马鲁夫酩酊大醉，举起魔戒，将戒指精灵的故事一股脑儿告诉国王和宰相。

宰相用故事和笑话逗他们开心，这方面他很熟练。马鲁夫非常受用。仆人给他们端来食物和酒。国王先喝，宰相随后为马鲁夫倒上一杯。但是，马鲁夫以前只是个卑微的鞋匠，不知道葡萄酒是什么，也不知道它能让人变得多么愚蠢。宰相背诵诗歌，讲述葡萄酒如何将悲伤变为欢乐，如何使我们感觉似乎是在飞行，它是恢复情绪的液体黄金，一滴酒落在石头上也会让石头变得快乐，等等，等等。但没必要继续下去，因为马鲁夫已经在乞求喝酒。他刚喝完一杯，宰相就又把酒杯斟满。没多久，马鲁夫就开始晕头转向，失去理智。就在这时，宰相向他讨好。“告诉我实话，马鲁夫。你根本就不是富商吧？你的真实身份是国王。”哦，这个宰相很聪明。

“国王？我？哈！”马鲁夫说出一切，包括戒指精灵。

“让我看看那个戒指。”宰相说。

马鲁夫摘下戒指递给宰相，宰相迅速擦一擦。当精灵出现时，宰相指着马鲁夫，让精灵带他去沙漠，没有吃喝，让他在痛苦中死去。

精灵阿布·萨阿达特带上马鲁夫一起飞走。

“你要对我做什么，精灵？”马鲁夫哭泣着问道。

“正是我的新主人让我做的。而你活该，什么样的白痴会把一个强大的戒指交给另一个人检查？白痴，白痴，白痴。”精灵将马鲁夫丢在最干燥、最偏僻的沙漠中。

以酒咏醉

诗人鲁米的肖像。

许多诗人写过赞美酒的诗歌。这些诗人中的许多人可能将葡萄酒用作其他事物的象征，例如我们可以感受到的新体验。中世纪波斯诗人哈菲兹和鲁米的诗歌就是很好的例子。

山鲁佐德闻到早晨阳光照耀下泥土散发出的潮湿味道。她的大儿子呻吟着睁开眼睛。她亲亲他的额头。

“宰相是对的，马鲁夫是个白痴。”沙赫亚尔说。

“但他是一个慷慨、善良的白痴。”迪纳尔扎德说。

“同意。不过，宰相赢也是对的，因为他看出了真相。”

鞋匠马鲁夫的故事续篇（七）

“接下来会发生什么，姐姐？”

山鲁佐德把新生儿托在肩上，给他打一个饱嗝。

她也在等沙赫亚尔发问。他没问，显然认为故事现在已经全部展开，不会再有任何意外。好吧，她会让他知道。实际上她最好快点讲给他听。男人可以叫女人为甜心，然后转身杀死她吗？她开始讲。

“看到了吗？”宰相对国王说，“我告诉过你他是个骗子。我告诉过你这里面有魔法。我从一开始就警告过你。”

“你确实警告过我，”国王说，“你是有史以来最好的宰相。现在把那个戒指递给我，让我仔细看看。”

“你是个白痴吗？”宰相朝国王脸上吐一口唾沫，“现在戒指在我手里。我有全部权力。我没有理由把它交给你。事实上，没有理由让你活下去。”他擦一擦戒指，精灵阿布·萨阿达特立刻现身。“带上这个无知的国王，把他丢在你丢下马鲁夫的沙漠里。让他们相互诅咒着一起死去。”

精灵听从命令，国王和马鲁夫很快就并肩哭起来，他们肚子饿得咕咕叫，喉咙干得像沙子。

宰相召集军队和王家仆人。他向他们讲述了戒指以及他如何处置了马鲁夫和国王。他说他们必须接受他为统治者，否则他会招来精灵处置他们。每个人都说他们接受他为统治者。毕竟，另一种选择是必死无疑。

宰相让精灵给部队配备荣誉长袍，以表彰他们对他的忠诚。不用他花一分钱，何乐而不为呢？然后他让信使告诉公主，他当晚要来认她为自己的妻子。公主哭起来。她寻找理由来阻止这个可怕的行动。她早知道宰相不是个好人，她一直都感觉到这一点。所以她一开始就拒绝他的求婚。她让信使带回消息说，宰相必须按照法律规定等到她丈夫的哀悼期结束。宰相大笑。不再有任何法律能约束他，因为他拥有精灵。公主听到使者的话，脑袋开始嗡嗡作响。她回答说，欢迎宰相。邪恶的宰相喜出望外。心甘情愿的妻子总比不听话的好。

但公主的意思是真欢迎吗？当然不是。你知道她是真爱马鲁夫的。那种爱现在在她的脑海里敲得如此响亮，她一定要尝试一个把戏，一个非常危险的把戏。她让自己勇敢起来。

当天晚上，宰相来找她。她穿着最好的长袍，肆无忌惮地与宰相调情。她腼腆地转向他，露出迷人的笑容，声音低沉而温柔。

宰相的回应既是因为他爱公主，也是因为他非常爱自己，他无法想象她不是真诚的，尽管事实上他已经几乎杀死了她的丈夫和父亲。宰相在某些方面可能很聪明，但在其他方面，他的大脑却是一片泥土。他走近公主索吻。

公主哭起来。她说戒指上有一个男人在看着他们，看到他让她害怕。宰相连忙摘下戒指，塞到枕头下。随即，公主一脚踹向宰相，宰相仰面倒在地上，失去知觉。公主从枕头底下夺过戒指。

白天的光线使墙壁泛黄。山鲁佐德沉默着。

“邪恶愚蠢的宰相。”迪纳尔扎德说。

“在某些方面，确实如此，”沙赫亚尔说，“一切都很复杂。我现在想知道公主会怎么做。”

“当然是救她的丈夫和父亲。”迪纳尔扎德说。

“这就是你会做的。我也会这样做的。但我们要看看公主怎么做。”

对页

公主聪明勇敢。她假装接受宰相成为自己的丈夫。但她请求宰相摘下令她生畏的戒指。宰相依言摘下戒指后，公主一脚把他踢开，把魔戒抢到手。

第一千夜

鞋匠马鲁夫的故事续篇（八）

“公主，”迪纳尔扎德说，“她现在有戒指。她会怎么做？”“大家都在听吗？”山鲁佐德问。“是的。”沙赫亚尔说。“是的。”他们的大儿子说。她的二儿子在她身边蠕动，她的新生儿用手指紧紧地握住她的拇指。山鲁佐德笑了。她知道他们不可能在听，或者至少不能理解地听。但她仍然心存感激；这感觉就像一场真正的家庭活动。

公主喊仆人。四十个丫鬟应声跑过来。她让她们抓住宰相。然后她看着手中的戒指，浑身一颤。宰相已经将戒指精灵的秘密告诉过士兵和仆人，消息已经传遍整个宫殿。她知道，她手中握着强大的力量。但这一切的真正含义是什么？她深吸一口气，擦一擦戒指。

精灵阿布·萨阿达特立刻现身，问她的愿望是什么。他形象可怖。人人都知道精灵比树还高，比最丑的海洋生物还要丑陋，但这个幻影还是让她的心几乎要炸裂。她强迫自己说话：“把宰相关进监狱，把他铐紧。”刹那间，精灵和宰相消失得无影无踪。片刻后，精灵再次出现，问她下一个愿望。“我丈夫和父亲呢？”精灵告诉她在遥远的沙漠。“把他们带回来。请你。”精灵听到，露出惊讶的表情。他消失时弄出许多噪声。她听到的是笑声吗？

片刻之后，国王和马鲁夫回到王宫。公主抱住他们俩。然后他们吃过一顿饱饭，睡得又长又香，因为在沙漠里的时候，他们心烦意乱，睡不着觉。第二天，公主吩咐国王杀死宰相，

前页

公主面对着无比丑陋而可怕的精灵。她鼓足勇气，客气地请他把丈夫和父亲从沙漠带回来。

因为他已经表明自己不相信任何法律，是一个纯粹的邪恶之人。马鲁夫应该代替他成为宰相。国王表示同意，并提出要戒指。然而，公主花了一晚上的时间思考过这个问题。虽然她既爱丈夫又爱父亲，但他们似乎都无法妥善守卫戒指。“让我拿着吧。如果你需要什么，就问我，我会问精灵的。”

然后国王和马鲁夫出现在全体王室人员面前。每个人都为他们再次回来而欣喜若狂，因为他们都整夜焦躁不安，以为宰相在法定丧期结束之前就要娶公主为妻。

在接下来的五年里，整个王国都很幸福，没有比公主和马鲁夫更幸福的，因为他们现在是一个强壮儿子的父母。然后老国王死去，公主让马鲁夫成为他的继任者。但不久之后，当他们的儿子只有五岁时，公主就因病去世。戒指现在再次属于马鲁夫。

多年后，有一天晚上，马鲁夫正躺在床上，突然发现身边躺着一个可怕的老妇人。当然，他问她是谁。她回答说她是登阁·法提玛。他点燃蜡烛。当然，他可以看到她的牙齿，她的眼睛，是的，这是他的第一任妻子。“你在这里做什么？”

于是登阁·法提玛讲述她的悲惨故事。许多年前，一个恶魔让她对马鲁夫如此邪恶。他消失后，她意识到这一点并彻底悔改。那时她很穷，不得不要饭。她像乞丐一样流浪多年，变得越来越痛苦。直到前一天，当她坐着哭泣时，一个陌生人问她为什么如此悲伤。她把一切都告诉他，他说他认识马鲁夫。突然，他一把抱起她，带着她飞到这里。“让我陪伴你吧，马鲁夫。我真的已经悔改。我会是你真正的妻子。”

山鲁佐德呼吸清晨的第一口空气时打了一个哈欠。

“我不相信她。”迪纳尔扎德说。

“但马鲁夫会相信吗？”沙赫亚尔说。

信任。沙赫亚尔已经学会信任了吗？山鲁佐德学会信任了吗？

山鲁佐德依偎在孩子们中间睡去。

第一千零一夜

鞋匠马鲁夫的故事结束

“听着，亲爱的。”山鲁佐德说。

“我们不能不听。”沙赫亚尔说，“你让我们全神贯注。”

这正是山鲁佐德想听到的。

她开始讲故事。

马鲁夫国王同情登阁·法提玛，但他不再爱她。他的爱已全献给已故的公主，他儿子的母亲。但是，慷慨仍在内心搏动，那种使他向穷人和有需要的人施舍财富的慷慨。登阁·法提玛永远不可能成为马鲁夫真正的妻子，然而，他对待她就像对待女王一样，让她穿戴着超凡的衣服和珠宝。

然而，登阁·法提玛对此并不满意。她也许已经改掉过去像疯子一样的行为，但本性不改。她贪婪又嫉妒。她恨马鲁夫的儿子，并不是因为他有什么过错，而这个男孩也很快明白一切，便也以相同的感觉对待她。她憎恨马鲁夫与宫廷中女士共度的每一刻。她的脸上带着深深的皱纹。

有一天，与其他充满愤恨的一天一样，登阁·法提玛心血来潮，想偷戒指。有了戒指，她就可以为所欲为。她可以杀死马鲁夫，让别人爱上她。当然，她是个傻瓜。精灵可以带来财富，精灵也可以毁掉一切。但是精灵不能让别人爱你。爱是自己来的，或者是赢得的。爱不能订购或购买。不过，傻瓜是学不会这些东西的。

在马鲁夫睡觉的时候，登阁·法提玛悄悄溜进他的卧室，去偷她知道放在他枕头下的戒指。

但是一个男孩看到她进房间。这个男孩正是王子本人，马鲁夫和公主的儿子，圆圆的脸蛋，招人喜欢。他对登阁·法提玛的不信任全挂在脸上。他是母亲的儿子，他的一举一动都露着超越年龄的智慧。他拿起他的钢剑，虽然他父亲看到他总是笑，因为他还小。他站在房间的门口等着。

他看到登阁·法提玛伸手到枕头下，掏出戒指，他明白，可怜的孩子，他明白她的邪恶目的。

对页
在第一千零一个夜晚，山鲁佐德通过讲故事的力量将她的世界从一种恐惧的境况转变为一个充满感恩和怜悯的家园。爱情终于缓慢而坚定地找到归宿。

她从房间里出来，正要擦戒指时，男孩一剑挥过去，登阁·法提玛倒地而死。

骚乱之中，马鲁夫从床上跳起来。他赞扬儿子，并让人把登阁·法提玛的尸体厚葬。之后，他派人去找那个跑到村里为马鲁夫带回小扁豆汤，为他的马带回大麦的农夫。马鲁夫任命农夫为宰相。两人都过得很好，直到马鲁夫老死。

山鲁佐德从床上站起来，脚步不稳。

公主面对的是精灵。山鲁佐德怎么会因为面对她的丈夫而感到如此不安？她昂首挺胸，站得更高，然后跪下来，显得渺小。她亲吻沙赫亚尔脚下的地面。"夫君，我已经款待你一千零一夜。现在我有件事要求你帮忙。"

"任何事情。"沙赫亚尔说。

"这三个男孩，你的儿子们，没有人能像我这样爱他们，抚养他们。我求你……"

沙赫亚尔将手指放在山鲁佐德的嘴唇上让她不要再说。"妻子，这么多个夜晚，你不仅款待我，你还教育我，开导我的心灵和精神，滋养我的灵魂。谢谢你。我珍惜你，我一生的挚爱。让我们一起面对未来，从现在到永远，好吗？"

你不需要听到山鲁佐德的回答，因为你已经知道。宫殿、城镇、整个国家都在为他们的喜乐而歌唱。沙赫亚尔向每个人赠送礼物。毕竟，马鲁夫是一个傻瓜，但只是在某些方面愚蠢而已。沙赫亚尔为已经过去的一千零一夜，为现在和未来的爱情而感谢命运。

好客的必要性

在茶馆里，一个男人为旅行者倒上一杯新茶。

给马鲁夫小扁豆吃的农民得到的奖赏是被任命为宰相。对于这样一个简单的行为，这样的回报似乎是在走极端。这样的文化起源于中东的沙漠地带。在这个地区，拒绝待客可能意味着旅行者的死亡。凯尔特文化和印度文化等也有着悠久的热情好客的传统。

后 记

现存最古老的《一千零一夜》故事版本是一份在 14 世纪用阿拉伯语写成的叙利亚手稿。但其中有些故事可能比这更古老。10 世纪的两位阿拉伯学者阿里·马苏第和伊本·奈迪姆在他们的著作中提到过从较早的波斯语文本翻译而来的《一千零一夜》故事集。开罗的一份源自 12 世纪的文件也提到了这个故事集。叙利亚手稿以从口语转录而闻名，没有古典阿拉伯文本的华丽辞藻或复杂性。出于这个原因，学者们认为它可能源于非常古老的民间传说，可能与最初用另一种语言记录的故事混在一起。这些故事可能来自波斯，也可能来自印度。

在 18 世纪初期，法国学者安托万·加朗将叙利亚手稿翻译成 12 卷法文版。该译本立即流行起来，欧洲也出现了其他几种译本。1984 年，伊拉克裔美国学者穆赫辛·马赫迪出版了该文本的第一个阿拉伯文评论版。1990 年，伊拉克学者侯赛因·哈达维将马赫迪的著作翻译成英文。虽然现在有一些故事至少有几种英文版本，但我主要是参考侯赛因·哈达维和英国学者马尔科姆·C. 莱昂斯的作品。一些编辑会区分精怪的类型（精灵与伊芙利特），我决定按哈达维的做法，不做这样的区分。我的顾问、约克大学的塞尔玛·泽切维奇教授将我的作品与英语、法语和阿拉伯语的来源进行了核对。

现代读者读到的《一千零一夜》中的一些故事在叙利亚原文中并没有出现。这些故事是由后来的作家和译者添加的，目的是对传统故事进行润色。我选择将两个这样的故事标记为“额外的”，这些额外的故事出现在山鲁佐德与国王沙赫亚尔结婚周年纪念日的故事中。我也在常规故事中加入了一个这样的“孤例”：从第六百六十七夜开始的《侯赛因王子和魔毯的故事》。

《一千零一夜》的故事时而前后矛盾，时而故弄玄虚，缺乏明显的连贯性，且往往粗俗、残酷。故事的范围从奇幻到恐怖，从讽刺到惊悚。与许多其他国家和文化中的许多其他传统故事一样，这些故事最初并不是专门针对儿童的兴趣和理解力而量身定制的。然而，我的目标是为儿童和成人读者提供有趣的故事。本书中故事的选择和讲述反映了这一目标。

尽管如此，我希望在这里呈现的故事能够表现出整体结构的复杂性，展示原著中多样的故事类型，并反映我所认为的故事中普遍存在的价值。我还努力保留了原作的质感和神韵。

文学的变通

由于我在本书中只讲述了众多故事中的一部分，因此我选择以最合适的节奏来组织它们，并根据节奏调整它们的长度。例如，乌木马的故事在原版中从第三百五十七夜讲到第三百七十夜，但我从第三百六十六夜开始，到第三百七十夜结束。同样，鞋匠马鲁夫的故事在原版中比在本书中早两天开始。我缩短了一些故事而拖长了另一些故事。若同一故事有不同版本，我会选择采用与这里的文本整体最一致的。虽然书中出现了许多时间和地点的细节，但我的注意力集中在揭示这些故事的内在智慧及它们复杂的文学结构上，所以我选择抹去那些对此无用的细节差异。然而，我从来没有牺牲任何一个对于保持故事的逻辑或情感至关重要的细节。此外，在较早的文本中，直到故事的最后一晚，山鲁佐德才向国王透露为他生过三个儿子。这种缺乏现实感的讲述削弱了我要讲述的故事的整体结构；因此，我反其道而行之，选择以一种可以增进夫妻感情的方式，将孩子的到来融合在故事当中。我最后一个变通涉及女主角的名字。在传统文本中，她的名字是沙赫拉扎德。而我使用了山鲁佐德这个名字，因为我想让她的名字与沙赫亚尔的名字尽可能不同。

图书在版编目（CIP）数据

一千零一夜 / （美）唐娜·乔·纳波利（Donna Jo Napoli）著 ；（英）克里斯蒂娜·巴利特（Christina Balit）绘 ；刘健译. --南京 ：译林出版社，2024.5

（国家地理神话故事宝库）

书名原文：Tales from the Arabian Nights

ISBN 978-7-5447-9838-9

Ⅰ.①一… Ⅱ.①唐… ②克… ③刘… Ⅲ.①民间故事－作品集－阿拉伯半岛地区 Ⅳ.①I371.73

中国国家版本馆CIP数据核字（2023）第122157号

All artwork by Christina Balit unless otherwise noted below:

Cover (LO), Nata-Lia/Shutterstock; 2 (LE), Carmen Martinez Banus/Getty Images; 9 (RT), Duby Tal/Albatross/Alamy; 26 (LE), Andreykuzmin/Dreamstime; 32 (LE), Ivy Close Images/Alamy; 39 (LE), Getty Images; 44 (LE), Dimitri Vervitsiotis/Getty Images; 52 (LE), Abam Jiwa AL-Hadi/Getty Images; 56 (LE), Granger, NYC—All rights reserved; 63 (RT), Stock4B-RF/ Getty Images; 69 (CTR RT), Said Khatib/AFP/Getty Images; 76 (CTR LE), ephotocorp/Alamy; 81 (RT), Moment RM/Getty Images; 86 (LE), Matyas Rehak/ Shutterstock; 94 (LE), Rhapsode/Getty Images; 99 (RT), AFP/Getty Images; 107 (RT), Jose B. Ruiz/NPL/Minden Pictures; 110 (LE), Gallo Images/ Getty Images; 117 (RT), Waterframe/Getty Images; 123 (RT), Oleg Zaslavsky/Shutterstock; 128 (LE), Natig Aghayev/Shutterstock; 136 (LE), Jodi Cobb/National Geographic Creative; 155 (RT), Science Source/Getty Images; 160 (LE), Robert Harding World Imagery/Getty Images; 172 (LE), Vetta/Getty Images; 178 (LE), Granger, NYC; 186 (LE), Alex Treadway/NG Creative

著作权合同登记号 图字：10-2022-75 号

一千零一夜 ［美国］唐娜·乔·纳波利 / 著 ［英国］克里斯蒂娜·巴利特 / 绘 刘健 / 译

总 策 划 葛庆文
执行策划 陈 叶 彭 波
执行统筹 彭 波 王 维
责任编辑 宋 旸
装帧设计 韦 枫
校 对 梅 娟
责任印制 单 莉

原文出版 National Geographic Partners, LLC, 2016
出版发行 译林出版社
地 址 南京市湖南路 1 号 A 楼
邮 箱 yilin@yilin.com
网 址 www.yilin.com
市场热线 025-86633278
排 版 南京新华丰制版有限公司
印 刷 鹤山雅图仕印刷有限公司
开 本 889 毫米 ×1194 毫米 1/16
印 张 12.5
插 页 4
版 次 2024 年 5 月第 1 版
印 次 2024 年 5 月第 1 次印刷
书 号 ISBN 978-7-5447-9838-9
定 价 129.00 元

国家地理神话故事宝库

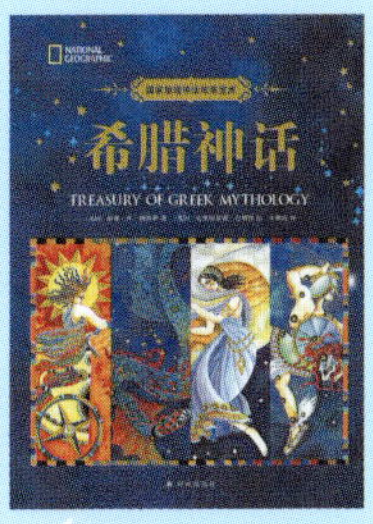

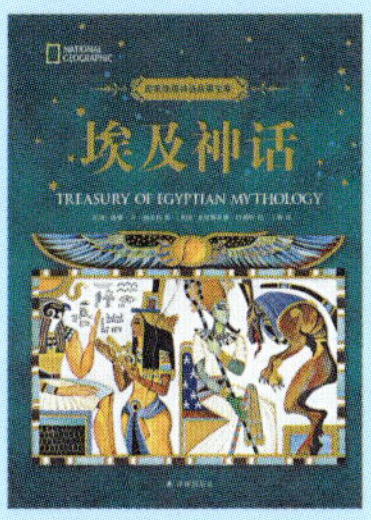

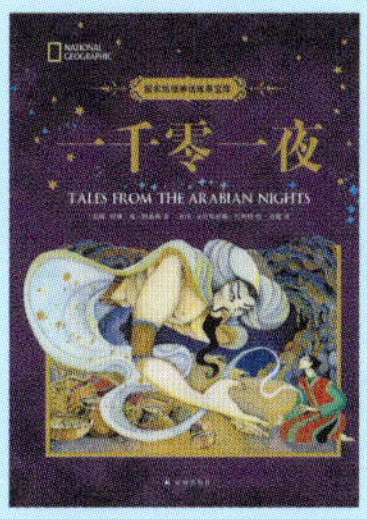

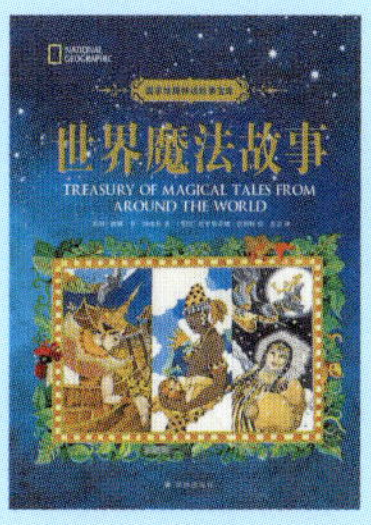

了解人类文明，开启智慧之门

- 扣人心弦的故事
- 清晰生动的叙事
- 科学严谨的知识
- 色彩丰沛的插画

语言学家专为青少年编写，屡获殊荣

- 美国儿童图书馆学会杰出童书奖
- 美国优质童书奖
- 《学校图书馆》杂志年度图书
- 长居亚马逊儿童古代历史畅销书榜

作者简介

唐娜·乔·纳波利

语言学家、诗人、童书作家，在哈佛大学获得数学学士学位、意大利文学硕士、语言学博士学位，现为斯沃斯莫尔学院语言学教授。她对神话、民间传说和童话有浓厚的兴趣，并长期进行研究，著有七十多部童书，这些作品曾获金风筝奖、美国优质童书奖、父母选择金奖等，入选美国《学校图书馆》杂志年度图书、《柯克斯书评》年度图书等。

绘者简介

克里斯蒂娜·巴利特

插画家、剧作家，毕业于英国切尔西艺术学院和皇家艺术学院，已为三十多部童书绘制了插图。作品曾入围英国凯特·格林纳威奖短名单，获得英国英语协会图书大奖等。